LE POULPE

LES GENS BONS BÂILLONNÉS

ISBN : 2-84219-018-1
ISSN : 1265-986X

© ÉDITIONS BALEINE - LE SEUIL 1996, 2000

Tous droits de reproduction, adaptation et traduction réservés pour tous pays.
Les personnages et les événements relatés dans ce roman sont fictifs. Toute
ressemblance avec des personnes existant ou ayant existé serait purement fortuite.

LE POULPE
jean-christophe pinpin

Pour Evvey,

le galfe de gascogne

LES GENS BONS BÂILLONNÉS

sous le Soleil du Poulpe.

Nos sympathies.

LE POULPE
ÉDITIONS BALEINE

Du même auteur :
Qui voit Molene voit sa peine, Éditions Alain Bargain, 2000
Toulouse au bout du siècle, Éditions Alain Bargain, 1999
Qui voit Belle-île voit son île, Éditions Alain Bargain, 1999
Qui voit Ouessant voit son sang, Éditions Alain Bargain, 1999
Qui voit Sein voit sa fin, Éditions Alain Bargain, 1998
qui voit Groix voit sa croix, Éditions Alain Bargain, 1998

Pour La Langouste et Le Plancton Marin.

Un grand merci à Philippe Bidegaray pour m'avoir transmis sa science des Polikarpov et de la Guerre Civile Espagnole. No passaran !

> « *La liberté d'écrire et de penser impunément marque, soit l'extrême bonté du Prince, soit le profond esclavage du peuple. On permet de dire qu'à celui qui ne peut rien.* »
> Diderot

1

Tout, dans l'appartement de l'inspecteur Samovar, débordait de papiers usagés. Il était connu pour cette manie, de Bordeaux à Saint-Jean-de-Luz, de Toulouse à Bayonne. Tout brocanteur appelé à vider un grenier pensait à lui et, avant même d'avoir son accord, mettait de côté en l'attente de sa visite.

Pendant ce temps, Samovar courait les déballages, le nez à ras du sol, les ongles noirs de poussière. Secouait les livres, ouvrait les malles, inspectait les doublures... Jusqu'aux tuyaux de poêles bouchés, il investissait. Déformation professionnelle ? familiale, serait plus juste. Samovar était membre de la communauté russe blanche et bridgeuse de Biarritz, et l'élection de l'histrion alcoolique faisait surgir un espoir, en ce qui concernait le remboursement des emprunts du chemin de fer... Par conséquent, il accumulait, pour ce jour, qui verrait sa démission de la Police nationale, des tonnes de ce papier à timbres.

* * *

Peyo Bidegaray gara sa fourgonnette VW le long du hangar. Les jantes écorchèrent les bordures du trottoir. Il fit la grimace... Mit un pied à terre et respira l'air chaud chargé d'odeurs de pins, d'arbousiers et de bruyères. À cette distance du centre de Biarritz, rien ne laissait supposer la mer. Ni ressac, ni sel. Il aurait pu être à Espelette, que cela aurait été la même chose. À l'exception, la nuit, des balayages du phare. Peyo claqua sa portière à plusieurs reprises. Pensa que s'il voulait en faire un camping-car le jour où son propriétaire le foutrait dehors, il faudrait qu'il se mette sérieusement à le retaper. Il poussa la porte du hangar, rentra en claquant des doigts d'une main et de l'autre, chercha une feuille sur laquelle étaient copiées les paroles de son dernier rap. Il salua ses amis «musiciens», lesquels portaient tous les tee-shirts, noir et rouge, sur lesquels on pouvait lire le nom de la formation : «ETXE[1] TA MÈRE». Sans leur dire un mot, il scanda sur un rythme de déhanchements :

« L'État français nous pille
Jusqu'à nos espadrilles
Et dans la mer, il empoisonne nos étrilles
C'est pourquoi je lui dis :

---

[1] Prononcer «ét-ché».

Arrache-toi d'là !
A ! A ! A ! rrrraaaache-toi d'là !
A ! A ! A ! rrrraaaache-toi d'là ! »

Tous saluèrent d'applaudissements les paroles de cette chanson apte à soulever le peuple basque contre l'envahisseur ! Grisé par son succès, il enchaîna :

« *Et sur le sable de nos baies*
Il pose des clubs Mickey
Et je dis monsieur Disney
Ici, t'es complètement largué
Ici, tu n'es pas notre brother
Zeur, zeur, zeur, zeur.
C'est le rap de l'Euskadi[1]
C'est un rap qu'est d'ici !
C'est le rap rap rap de l'Euskadi
C'est un rap qu'est d'ici. »

On fit un cercle d'admirateurs, on se serra les mains de façon extrêmement complexe et sa copine, une Avignonnaise fraîchement pêchée sur la plage de la Chambre d'Amour, lui roula une pelle format « estival ». Puis, il dut y avoir trois déclics que suivirent un bon nombre de rafales. Cinq morts.

***

(1) Prononcer : « Euchkadi ».

LA TERREUR… Ils croyaient tous qu'elle ignorait son surnom. Les naïfs ! Elle haussa les épaules et murmura :

– Mais qu'est-ce qu'ils sont cons ! C'est pas Dieu possible !

Arlette Aragon n'avait pas qu'un nom illustre… Elle était le cauchemar de toute la côte. Et c'était peu dire de Mimizan à San Sebastian, tous avaient été plus ou moins touchés… Les commerçants fourbus de lamentations et lepenistes. Les pharmaciens et médecins pleurnicheurs. Les banquiers affameurs. Et c'est qu'ils sont légion, sur cette côte sablonneuse qui lave plus blanc… Mais Arlette était inflexible, ignorait surtout la pitié et la convention de Genève : pas de quartiers, on ne pactise pas avec l'ennemi. Alors ici, qui ne la connaissait pas ? La réflexion grinçante d'ironie, qui faisait basculer une file ou une salle d'attente et la transformait en groupe d'émeutiers prêts à vous flanquer la tête au bout d'une pique… Jamais vulgaire, toujours de bon aloi, elle ne ratait jamais sa cible. Bref, certains priaient, d'autres cartonnaient au Lexomil. Le reste cumulait ces deux illusions…

Le maire avait pensé interdire la vente du *Canard Enchaîné*. Puisqu'il était de notoriété publique que le fournisseur de munitions d'Arlette n'était autre que l'hebdomadaire satirique paraissant le mercredi. Mais c'était aller trop loin... Même les crapules de son bord avaient condamné l'odieux projet.

Lorsqu'elle entendit les détonations, elle se pencha à la fenêtre, vit passer une voiture bizarre roulant à tombeau ouvert et, pour la première fois de sa vie, et mettant cette faiblesse sur le compte de l'âge, elle téléphona à la Maison Poulaga.

2

Gabriel Lecouvreur regarda par la vitre et ne vit pas Léon. Le berger allemand épileptique était, depuis hier, habité par le démon de minuit et accrochait ses trente-cinq kilos à toutes les jambes qui passaient. Le Poulpe pénétra dans le bar-restaurant Au Pied de Porc à la Sainte-Scolasse et fut surpris par l'épaisseur de sciure qui crissa sous ses tennis. Simultanément, une odeur d'urine, qui flottait dans le troquet, lui tordit les narines et il se précipita, vaguement écœuré, dans la salle du fond, sorte de salon qu'il savait réservé aux proches. Il alluma une Gauloise pour masquer la puanteur. Le gros Léon, le poil rare et la peau croûteuse, se déplia, se leva et, titubant, se cognant à tout ce qui pouvait être un obstacle, dévida des jets de pisse derrière lui. C'était pitoyable et gerbant. Gérard sortit des toilettes et, tout en relevant sa braguette, poussa un bon vieux juron. Il réintégra les gogues, en ressortit armé d'un balai-brosse, d'un seau et passa la serpillière.

– Tu devrais aérer, au lieu de laisser réchauffer cette puanteur.

– Tu parles ! Si j'ouvre la porte, il va s'carapater et disparaître cinq jours. Et quand il reviendra, il aura engrossé toutes les chiennes de l'arrondissement.

– Tu rêves, si tu t'imagines qu'il est encore capable d'en grimper une seule.

– Ouais, facile, comme réflexion, dit le maître des lieux, un poil d'agressivité sur la langue, comme si c'était sa propre virilité que l'on remettait en question. Gonflé à bloc, il continua : et puis, si un laboratoire me le prenait.

Gabriel hurla de rire.

– Et ça t'amuse ! explosa Gérard, rouge comme un piment d'Espelette de cinq ans d'âge...

– Tu parles qu'on va te le voler, ce clébard. Tu peux me dire pour quoi faire ? Tout doit être tellement déréglé, là-dedans ! Complètement délabré, tant et si bien que plus rien ne réagit de façon cohérente.

Le grand patron leva les yeux, son gros ventre suivit et alla ranger son barda. Ceci fait, il lança :

– Un café comme d'habitude ?

– Trop tôt pour la bière.

Neuf heures sonnèrent. Le soleil du début juillet matraquait les têtes comme un CRS un soir de grève. Gabriel s'étira, poussa un soupir en essayant de décoller l'étoffe de son pantalon, collée à sa peau par la sueur. Il repensa à la remarque de Durruti, qui avait dit qu'il pouvait se gratter les chevilles sans se baisser. Jaloux. Et puis aussi à la dispute avec Cheryl, qui voulait rester à Paris tout l'été. Parce qu'avec tous les touristes qui peuplent la capitale, ça allait rapporter gros. Énervé par la température, il avait proposé de prendre quinze jours en Bretagne, vers le début septembre. Pour la convaincre, il cita un homme d'Irlande. Poète. Puisqu'ils le sont tous.

« Là-bas j'aurai un peu de paix car la paix tombe doucement
Des voiles du matin sur le chant du grillon ;
Là-bas minuit n'est que miroitement et midi y rougeoie d'une pourpre lueur,
Là-bas le soir est plein des ailes de linotte. »

Elle avait ricané, prétextant la rentrée des classes, les deux mois d'anarchie capillaire, qu'elle devrait remettre en ordre. Le ton était monté. Et pour finir, Gabriel, qui ne rêvait que de vagues et d'eau fraîche était parti, en rogne et en nage.

Il jeta son mégot qui, en touchant la sciure détrempée, se mit à grésiller en répandant des effluves abominables. Rien n'allait, aujourd'hui. Un jour sans, comme on dit. Ça arrive... Gabriel en était là, quand Maria passa, chargée comme une bête de somme, de sacs de victuailles. Gérard posa le café devant Gabriel et hurla, en direction de sa femme, que dix couverts étaient d'ores et déjà réservés. Gabriel demanda quel était le plat du jour.

– Des poulpes dans leur encre. Je te mets un couvert ?

Maria revint, fit une bise à Gabriel et commença à dresser les tables. Il se leva, passa au bar et, trouvant le journal sur le zinc, en entreprit la lecture. Les faits divers, en ce début d'été, se résumaient à une multitude de cambriolages, de vols à l'arraché et d'accidents de voitures. Il chercha l'affaire qu'il suivait depuis deux semaines et finit par la trouver, sous la forme d'un entrefilet. Trois lignes qui disaient que la police, au pays basque, pédalait dans la garbure.

– Et c'est reparti pour un tour ! grommela Gérard, en essuyant ses verres ballon. Il s'énervait à froid. Tu peux pas te mêler que de tes oignons ! Hein, faut que tu foutes ton nez partout où ça sent pas bon. T'as vraiment rien de mieux à foutre.

Gabriel leva une paupière, dévoilant un œil noir que le bistrotier ne parut pas voir.

– Tu pourrais pas prendre des vacances, non ?

Ce qu'il ne fallait pas dire. Bien sûr. Mais peut-on demander à un patron d'estanquot d'avoir du tact, de la délicatesse ? De la finesse, tant qu'on y est.

Gabriel se leva. Paya le petit noir et dit :

– Justement, ça renifle la pisse, dans ton bouge. Et je viens de me décider, je vais en prendre des vacances, j'en ai marre de ton chien dégénéré et de ta cervelle de pigeon. Et ne compte pas trop sur une carte postale !

Il tourna les talons et au moment de franchir la porte, il fut poussé par l'arrière et faillit perdre l'équilibre. Un jet tiédasse lui inonda l'ourlet et une tennis. Le gros Léon rêvait de descendance.

3

Il avait perdu le compte. Et depuis longtemps... Il dénombra les sous-bocks, retira de la somme due les deux offerts du patron. Malgré cela, il restait de la place, même si son estomac faisait des «floc floc» révélateurs. Il plongea la main dans sa poche et fit ses soustractions. Pouvait encore boire. L'artiste leva la main et une bière s'approcha, ronde et dandinante. Absolument séduisante... Mais cela faisait un bail, qu'il ne bandait plus... Alors, soûl et tragique, Manuel Sabatero s'apitoya sur lui. Une habitude. C'était un lyrique à tendance romantique... Un chieur... Il considéra les étapes de sa déchéance... Vétérinaire par force, peintre le dimanche par conviction, il avait débuté sa carrière comme dessinateur officiel du Tour de France, puis avait exposé dans des galeries et des librairies. À ce moment précis, il était au sommet, la gloire, les Havanes... Des femmes, presque... Hélas ! Son caractère taciturne et sa grande gueule ne lui valurent, petit à petit, pas à pas, de plus en plus d'ennemis. La presse, les critiques et les directeurs de galerie l'évoquèrent de moins en moins et il vira fantôme. Du coup, Manuel Sabatero s'aperçut que tâter les chiens-chiens à leurs mémères le gonflait prodigieusement... Pour oublier, il se mit à boire... D'abord comme une éponge. Puis comme un trou... Pour l'heure, il exposait dans la galerie marchande du Centre Leclerc... Triste destin !

Il vida son demi, paya et se mit en route. Vers la gloire et vers la fortune. Le groupe de rap basque ETXE TA MÈRE lui avait confié le dessin de pochette de leur CD. Il allait leur soumettre les épreuves.

***

L'inspecteur principal Pondichery nettoyait, avec grande délicatesse, son 9 mm de service. Il lui faisait des yeux énamourés... Une fois l'arme bien sèche, il remplit le barillet, en omettant de garnir la chambre qui faisait face au percuteur. Il rangea le pistolet et le holster dans un tiroir, mit ses orteils en éventail, lorsque son témoin d'appel se mit à clignoter. L'inspecteur fit le tour des excuses possibles pour ne pas aller bosser. N'en trouva pas de satisfaisantes. Avec un grand soupir, il fixa son Paddy à peine goûté et décrocha son téléphone. Son collègue Koldo Samovar lui donnait rendez-vous – le plus rapidement possible – rue du Moura. Il précisa :

– Viens à jeun, parce que depuis les attentats du GAL, j'ai jamais vu une boucherie pareille ! Le bortsch de ma grand-mère ressemblait à ça...

Pondichery se dit qu'il lui faudrait du courage et siffla ses quinze centilitres de whisky. Un sacrilège ! Cul-sec ! Il s'ébroua, à la façon des canards, et grimpa dans sa 403.

La rue était barrée, non seulement par des barrières modèle 14 juillet, mais aussi par une escouade de CRS. Même les inspecteurs devaient montrer patte blanche. «Qu'est-ce que ça nous réserve encore, comme merdier...» songea Pondichery. Il extirpa un rouleau de Sopalin du vide-poches et s'essuya le front... Un soupir... La chaleur de juin l'assommait. «Putain de pays, putain de soleil et merde et merde et meeeerde !» Sa pensée en était là ! Ce qui le sauva de la morosité, ce fut la perspective d'un bain de mer tardif, vers les vingt heures, dans une eau tiède, aux vagues peu portantes enrubannées de soleil couchant...

Il se reprit, réintégra sa peau de poulet et anticipa sur les conséquences de la tuerie, une semaine avant le raz-de-marée des grandes vacances. Nom d'un cormoran mazouté ! Il y en a qui les choisissait, leurs moments. Un assassin en série est dans le coin mais n'ayez crainte, la police fait son métier et le «cérial quileur» sera bientôt sous les verrous. «Foutaises» siffla l'inspecteur principal. Il serra son frein à main, sortit de sa relique et la brise de terre lui amena une odeur connue. Un cocktail. À l'intensité des effluves, le serveur avait secoué son shaker un rien trop fort. Sang, cordite, excréments. Bloody Mary. Il se tourna vers l'ouest, prit une bonne inspiration et se dirigea vers la rangée de gardiens de la paix qui, visages face au mur, finissaient de dégueuler leurs repas de cantine.

Koldo Samovar avait déjà inspecté les lieux. Sans que son intégrité physique ne soit menacée. Il évoluait calmement, sans être dérangé ni par ce qu'il venait de voir, ni par ce qu'il venait de sentir. Après tout, se dit Pondichery, ses arrière-grands-parents étaient cosaques et sabraient les manifestants en y mettant du cœur... Ça doit être génétique, un blindage de ce type.

– Cinq morts ! annonça le Russe blanc d'un air de triomphe.

On pouvait croire qu'il s'agissait de son œuvre. Cinq d'un coup et d'une seule main. Quelque chose de cet acabit. Et c'était presque le cas :

– C'est moi qui ai réussi à les compter. Tu devrais voir l'amas de barbaque. Y'a même une fille dans le lot, on l'a identifiée grâce à une petite culotte et un reste de soutien-gorge. Je te dis pas le spectacle, ah, la vache ! Faut que j'y retourne, je suis certain que ça grouille d'indices...

Pondichery regretta de s'être contenté de quinze centilitres... Il se consola : la bouteille décédera, ce soir. C'est que pour se débloquer la gorge et respirer à nouveau, il va en falloir, de l'ambre à 40°. Et plus que ça, peut-être...

– J'aimerais savoir ce qu'on attend ! Qu'est-ce que vous imaginez ? Que c'est parce que je suis à la retraite que j'ai rien d'autre à faire qu'à attendre votre bon vouloir ? C'est à peine croyable, une telle bande de fichus de B.A.R., P.A.T. !

Pondichery reconnaît cette voix. Il se souvient d'un accrochage, chez un boucher qui se plaignait de ce que l'État lui prenait la moitié de son chiffre.

– En vendant le steak à cent cinq francs le kilo, il doit vous en rester, non, de l'argent ? lui avait-elle rétorqué, avant d'asséner, en guise de coup de grâce : au lieu de partir un mois en Floride, comme chaque année, vous filerez dans une de vos luxueuses maisons d'Anglet.

On n'entendait plus que la pluie, au dehors. Faut dire qu'Anglet, c'est un peu la banlieue de Biarritz. Comme si le 16ème s'attribuait Neuilly en guise de ZUP.

Il revoyait très bien la scène... C'est pourquoi Pondichery décida de mettre de l'eau dans son vin, de mettre un frein à cette arrogance que lui permettait sa fonction. Mais avant même qu'il ne fasse un pas, la dame digne, fort énervée cependant, était sur lui :

– C'est bien la fonction qui crée l'organe ! Y'a tout qui respire le flic chez vous ! Si c'est pas une honte, à votre âge, d'avoir les cheveux aussi courts !

Il ne porte pourtant ni Burberry's ni Borsalino. Une révélation le fauche : ça doit se sentir. Voilà pourquoi il n'emballe pas, le samedi soir. Que tout le monde le regarde de travers. Il empeste la cellule de garde à vue. Les veilles dans les R18 break. Et tout le reste aussi, suffit de lire les journaux. Il balbutie :

– Vous... Vous... C'est quoi un B.A.R., P.A.T. ?

– Bon à rien, propre à tout ! Ce que je voulais dire, c'est que j'ai entendu des rafales, un sacré paquet !

– ...Êtes sûre que...

– Dites donc, vous !... J'étais à Limoges quand les Allemands y ont débarqué ! Je sais à quoi ça ressemble, des tirs de fusils mitrailleurs, pouvez me croire !

Et elle s'en va, jette un regard vénéneux aux CRS. Pondichery reste en plan et secoue la tête. Plus il la secoue et plus il voit de choses douces et enivrantes. La distillerie Jameson. Celle de Bushmill, county Antrim, Irish whisky sur l'étiquette bien que ce comté soit en Irlande du Nord. Encore une arnaque des Anglais. La chaleur l'entraîne vers les rivages. Les filles aux seins nus. Les planches de surf, sur lesquelles sèchent les combinaisons fluorescentes. Lorsque :

– Mais foutez-moi la paix, bordel de putain de merde ! Vous savez qui je suis ? Manuel Sabatero ! Bande d'ignares ! Le plus doué de sa génération... Bordel de trous de connasses ! Ah ! nom d'un chien d'ivrogne !

Pondichery se reprend... Contre la Terreur, on ne peut rien. C'est l'évidence. Il n'en fait pas une maladie mais il n'accorde pas de dérogations à la terre entière. Il marche sur le blasphémateur, d'un pas autoritaire, yeux dans les yeux, que l'autre a jaunâsses. Plus il se rapproche plus il renifle l'ivrogne invétéré. Il s'apprête à lui secouer les cloches, l'imagine en train de s'emmerder dans une pièce de dégrisement. Envisage de lui donner l'adresse des Alcooliques Anonymes, lorsqu'une clameur le fait se retourner en direction du garage.

– Cent-vingt-cinq ! clame Samovar.

– Cent-vingt-cinq quoi ? réplique l'inspecteur principal...

– Douilles ! Cent vingt-cinq douilles percutées ! Et de calibre 9 X 19, s'il te plaît ! N'y sont pas allés de main morte !

Pondichery a la tête qui se vide. Qu'est-ce que l'on peut reprocher à un groupe de gamins, pour s'acharner comme ça ? Et qui ? Ça le travaille... Trafic de drogue, c'est possible, on verra à l'autopsie. Vengeance politique, pourquoi pas, on verra ça sur le fichier...

Puis il se tourne vers le sac à vin. Qui le prend à témoin des brutalités bleu marine. Il en hausse les sourcils, Pondichery, prendre un inspecteur à témoin, pour ce genre de choses. On ne touchera jamais le fond de la naïveté humaine. L'outre à jaja brandit un carton à dessins. L'inspecteur s'en empare, y jette un œil. Oui... Bon... Il a vu ça, déjà, chez un épicier en gros... Le trait était moins tremblé, les dégradés plus francs et l'auteur moins imbibé, c'est certain. Cependant, il en revient à des sentiments plus nobles. C'est un artiste... Local, certes... Un artiste quand même.

4

Pedro tirait sur sa Boyard papier maïs sans filtre avec un bonheur sans faille. Les yeux mi-clos, vaguement couché sur sa chaise. Il recrachait la fumée par les narines, sans hâte. Chaque seconde comptait. Son regard se posait sur la palette de paquets bleus, à peine entamée et rachetée en douce et pour une bouchée de pain, à un militant CNT/FAI, qui l'avait escamotée des locaux de la SEITA. Même en ces temps de pénurie, de vaches maigres, l'imprimeur était paré pour le siècle à venir. Ses doigts noirs d'encre était orange sur les premières phalanges de l'index et du majeur gauche. Ses vêtements étaient imprégnés de cette odeur de noisette grillée, typique du métier. Un lot de faux papiers trônait sur la table. Gabriel y jeta un œil. Éclata de rire et demanda :

— Tu crois que ça va passer, un truc aussi gros ?

— Et comment, comme une lettre à la poste. Dans les années soixante-dix, un gars avait signé un tract Auguste Blanqui. Et comme c'était, en fait, un long appel au meurtre, le juge lança un mandat d'amener au nom de Blanqui Auguste. On en rigole encore...

— D'accord mais une carte d'identité au nom de Bakounine.

— Une lettre à la poste, je te dis. Tu veux

une bière ? Je crois qu'il me reste de la Beamish.

— C'est parti.

La stout pétillait sous son couvercle de crème. Pedro et Gabriel en portait de larges moustaches. Quand les verres furent à moitié vides, le vieil anar dit :

— Qu'est-ce qui t'amène ? De précis, je veux dire.

— Je pars pour le pays basque demain matin.

— IK ou ETA ?

— À vue de nez, ni l'un ni l'autre. Mais je pense, malgré tout, que j'aurai besoin d'un petit revolver. Si tu avais un automatique... Quelque chose qui n'alourdisse pas trop mon bagage...

— Et c'est tout ? Parce que si tu as une préférence pour le calibre et la marque, faut le dire ! La maison peut commander ! Ceci dit, je crois avoir ça. Mais tu vas finir par me dévaliser. Déjà que tu m'as paumé mon Beretta fétiche, espèce de salaud !

— Dis-moi, par la même occasion, tu n'aurais pas un point de chute dans le coin ?

— Moi, c'était Barcelone, mon coin. Là-bas, à part Guernica, je n'y connais pas grand-chose. C'est que ça se trouve à l'autre bout des Pyrénées, faut pas oublier.

Pedro se concentre. Puis s'illumine. Il boit un coup et dit :

— Pas impossible qu'Arlette Aragon y vive

encore. Pour sa retraite, elle a quitté Collioure pour Biarritz, où elle a des attaches, je crois. Si elle y vit toujours, tu peux pas la rater. Dis-lui que tu viens de ma part, je l'ai connue à Limoges, à l'époque où le nombre d'accidents ferroviaires était époustouflant. Elle te racontera, ça doit toujours être le même moulin à paroles. Y'a pas de raison.

Puis il se leva et fila vers l'entrepôt de papiers divers et pyramides de pots d'encre. Gabriel finit sa mousse, puis relut les papiers d'identité. La photographie lui rappela quelqu'un. Il l'étudia de près et reconnut le personnage, une fois la barbe et les moustaches gommées. Yann-Bernez Pouïg, le célèbre Breton dynamiteur de gendarmerie reprenait du service.

***

La daurade était fendue en deux, chaque côté reposait en miroir sur une grande assiette. Sur ces deux disques de chair ferme et rosée, humectée de vinaigre blanc, étaient semées des tranches d'aulx dorés et des bagues de piment d'Espelette. Le couchant se reflétait sur la nappe et les couverts, s'irisait sur les liquides et les embruns salaient une nappe irréprochable. Vingt heures trente, une température de 24°. Une mer décidée frappait les débuts de la côte rocheuse basque. Les vagues régulières enflaient et, en plein élan, dans la force de leurs formes arrondies, giflaient la falaise. Une muraille aux veines torturées et brunes, pas comme dans son pays, où elles se dressaient blanches et lisses, sans surprise... Mais ici... C'était... À perdre le boire et le manger. Un peu de vent... Il remplit son chiquito d'un Navarra épais et tourneboulant. Un vin de l'autre côté et qui accusait ses 14°. Jouisseur, il alluma une Players Navy Cut et la fumée bleue s'échappa dans la brise de sable. Il posa ses lèvres sur le liquide et détacha un morceau de poisson. Le mariage le ravit. Sa pensée, glaciale, fut pour tous ceux qui mangeaient les produits de la mer avec le seul vin blanc et qui étaient, de toute évidence, des gens sans imagination...

À l'affût de la moindre parcelle de bien-vivre, il se dit qu'il s'en souviendrait, de ses vacances au pays basque...

5

Koldo Samovar fouillait dans les affaires personnelles des cinq macchabées. Ses gants de chirurgien se couvraient de sang pendant qu'il sifflotait *Plaine ô ma plaine*, qu'il alternait avec *Les bateliers de la Volga*. Une heure, qu'il passait les mêmes morceaux. Sans une seule variation. Ni dièse, ni bémol.

Une boîte à musique suisse. Il posait, dans cinq boîtes en carton, ses trouvailles et assez vite, avait réussi à mettre un nom sur chaque cadavre. Peyo Bidegaray, Francis Etchegaray, Philippe Dujaret, Yannick Gast et Nathalie Chikorey... Mais rien de plus. Il dit à son collègue qu'il filait pianoter sur l'ordinateur et qu'il le tiendrait au courant. Il partit en chantant *Les yeux noirs*.

L'inspecteur principal Pondichery épluchait les magazines et les disques qui reposaient dans le garage. Un autre démontait la chaîne stéréo tandis que la police scientifique, après avoir fait provision de poils de cul de souris, les passait au microscope à balayage.

En fin de soirée, dans la même demi-heure, tous les rapports tombèrent sur le bureau du commissaire divisionnaire Patcharan. Lequel, surpris du peu d'épaisseur du dossier, entreprit de l'éplucher sur-le-champ. Il en eut pour son argent... Rien, à part, sur un papier imbibé de sang, un début de chanson dont le texte, en d'autres circonstances, l'aurait fait hurler de rire. Mais là... Cinq gamins de dix-huit à vingt ans. Ni drogue, ni alcool, ni politique. Les parfaits adolescents français des années quatre-vingt-quatre-vingt-dix. Aussi savoureux et justiciables qu'une botte d'endives. Le seul feuillet intéressant était celui de la balistique, qui lui fit dresser les cheveux sur la tête. Le commissaire le glissa dans sa serviette et se promit de le relire jusqu'à l'apprendre par cœur. Puis, suite à un coup d'œil sur sa montre, il estima que l'heure était venue de prévenir les familles. Il poussa un soupir à faire gîter un trois-mâts barque et s'étira. Ensuite, il sortit son Mont Blanc Meisterstück, de la série limitée Agatha Christie, l'admira sous toutes ses coutures et inscrivit, sur son bloc-notes, un beau point d'interrogation. Qu'il fit suivre des noms des deux inspecteurs. Il revissa le capuchon, resta une seconde sans bouger, se leva et, comme pour un public attentif, déclara :

– On n'est pas dans la merde, tiens.

***

– Je sais ce que vous allez me dire, ne vous fatiguez pas, j'ai lu vos rapports. Ce que je veux c'est que vous trouviez quelque chose. N'importe quoi ! Pourvu que cela soit un embryon de piste… Un carnet d'adresse, une copine louche, des parents divorcés, des voisins teigneux… Chercher, vous savez faire, n'est-ce pas ? Fouiner, c'est notre raison d'être, nous sommes d'accord ?

– Et si on fait chou blanc ? défaitisa Samovar.

– Ce n'est pas grave, dans un premier temps. Il faut que les gens impliqués dans le fonctionnement estival de la ville soient en état de rassurer le client. Et en toute bonne foi. Il faut donc faire du vent ! Regardez Vigipirate… Du vent, rien de plus. Mais qui disperse tout le reste.

– Ça ne devrait pas poser de problème. Seulement agitation ou pas, il va falloir procéder à une arrestation, si on veut calmer le jeu, objecta Pondichery.

– Qui voyez-vous, en filigrane, derrière ce massacre ?

D'une seule voix, sans qu'aucune émotion ne vienne troubler ces professionnels de la viande froide, ils affirmèrent :

– Le milieu.

– Des tueurs aguerris, en tout cas, souligna le commissaire avant de rajouter, et selon les spécialistes de la balistique, au vu des points d'impacts, ils devaient être trois, et armés d'Uzi. Rien que ça. Je vous lis, en vrac, ce que ça a pu donner en rapidité d'exécution : vitesse de la balle trois cent quatre-vingt mètres/seconde, magasin de vingt-cinq cartouches, cadence de tir : deux cent cinquante coups par minute. Ce qui nous donne cinq chargeurs utilisés… Un par gamin, quoi.

Samovar laissa tomber :

– Depuis les événements du Moyen-Orient, il y a plus d'Uzi en circulation dans le monde que de cannabis à Barcelone…

Pondichery sourit. Rajouta que le GIGN l'employait aussi pour ses opérations «nettoyages et mains propres». Patcharan ne goûtait pas outre mesure ce genre d'humour, cependant :

– Je suppose que vous voulez me donner par là une vision de l'étendue du problème et une liste de suspects. Je vous en remercie, chers inspecteurs, mais ces flingues de poche, va falloir me les retrouver. Et vite ! Sur ce, je vous souhaite le bonsoir.

Ils se levèrent, pas froissés le moins du monde par la brusquerie du congé.

***

Au même moment, les deux 400 CV Mercedes ronronnaient que c'en était un régal... Pour le plaisir, Manzana fit rugir les moteurs et ces beuglements sourds firent trembler jusqu'aux vitres de la capitainerie. Affalé sur le pont, son labrador, habitué à ses facéties ne bougea pas d'un pouce. Le navire s'ébranla et, sorti du port de plaisance d'Anglet, passa La Barre et mit le cap au nord. Destination finale : le Gouf de Capbreton, fosse abyssale creusée par l'Adour au temps où elle se jetait à cette place. Manzana aimait par-dessus tout la pêche aux requins. Depuis qu'il avait vu, sur son magnétoscope, *Les dents de la mer*, il pensait faire œuvre de salubrité publique en exterminant le plus grand nombre de squales. Il imaginait qu'un jour, on le décorerait pour tous les estivants sauvés par ses soins. Peut-être un petit reportage sur *Thalassa*... Bref, c'était un con...

Il ramena un «peau bleue» qui frisait les deux mètres et, une fois achevé à coups de matraque, il l'éventra pour donner les tripes à son chien. Lequel, frétillant de gourmandise, happa ce paquet tiède et bleuâtre sans le mâcher.

Peu de temps après, la grande saucisse noire fut prise de hoquets, puis de vomissements. Elle se mit à trembler en convulsions. Son arrière-train racla le pont supérieur sans en décoller, dans un dernier sursaut, il perdit connaissance et mourut en suivant. Manzana, un peu affolé demanda ce qu'il pourrait dire à sa fille de six ans. Parce que c'était son chien à elle... Il choisit la fugue et imagina la course de l'animal sur la plage, ses efforts pour le rattraper... Assez satisfait de sa piètre histoire, il saisit le clébard par la queue et l'envoya dans l'océan. Après tout, cela ferait un bon appât.

***

Samovar et Pondichery firent le tour des amis des victimes. À l'exception de l'Avignonnaise, qui fut rapatriée en fourgon mortuaire. Au fur et à mesure des visites, les lettres des répertoires défilaient. Les avis unanimes sur l'excellente moralité des gamins, s'entassaient entre les oreilles des deux flics. Ils passèrent en revue les professeurs, les voisins, les patrons des bars qu'ils fréquentaient. Il fallut se rendre à l'évidence. Ce qu'on pouvait leur reprocher se résumait à un mot : rien. Les deux flics s'accrochaient comme un rémora à la peau d'un saumon. On ne tue pas comme ça, par hasard, il faut des raisons. Et puis recruter un tueur à gages, qui veuille bien faire ce sale boulot. Et surtout, on doit le payer. Et ce n'est pas dans cette profession que l'on trouve le plus de smicards.

***

Il gara sa Jaguar Type E décapotable en haut de la rue du préfet Doux. Le ressac se faisait plus précis, au port des pêcheurs. Protégé par d'énormes blocs rocheux, l'ensemble était grand comme une pièce de cinq francs et semblait coupé du temps et de la luxueuse cité. Un ensemble qui, après avoir dérivé longtemps, serait venu se poser là. Sans raison.

Des maisons ancestrales et minuscules, les unes sur les autres, étaient reconverties soit en bars-restaurants, soit en clubs de voile et de plongée. Pour l'instant, tous étaient fermés. Les volets et les toits négligés, presque à l'abandon. Ils attendaient le mois à venir pour faire un brin de toilette, ainsi que le plein de pigeons bourrés aux as. Car il était de notoriété publique que la chair était chère et maigre... Mais le cadre, ça se paye ! Resserré entre les falaises, avec ce bassin en piscine, ces petites embarcations en bois, quilles au vent. Du charme, de l'authentique. L'exotisme à deux pas du Casino et de la boutique Hermès... Ce n'est pas rien, n'est-ce pas ? Mieux que les primates du Club Med.

Plein de méfiance parce qu'un tantinet grisé par le vin d'Espagne, il descendit la venelle en seconde, se gara n'importe comment et entreprit de faire le tour du bassin à flot en passant sur l'étroit muret qui le clôturait. Arrivé en bout de jetée, il pensa qu'il fallait être un sacré marin pour en sortir ou y rentrer, vu le peu de marge de manœuvre dont on disposait. La roche grumeleuse s'élevait en surplomb, baignée par une eau claire que l'on devinait glacée. Il évalua le fond à cinq ou six mètres. Un faisceau du phare balaya l'espace, rendant l'eau laiteuse. Sur la ligne d'horizon, les bateaux en chalutage allumaient tous leurs feux. La rumeur de la route, située bien en dessus n'atteignait qu'à peine ses tympans. Le souffle de la mer devenait froid. Il s'emplit les narines de cette brise, se dit qu'il était un bête sentimental, de préférer la Côte d'Azur. Il regagna son anglaise, la seule pièce esthétique que ce royaume ait su produire. Achetée, sur un coup de tête, qu'il ne regrettait pas, à Nice au garage Raynal pour la bagatelle de 175.000 francs.

Le V.12 fit entendre sa puissance en ronrons et il tourna le volant vers l'hôtel du Palais. Sur cette portion de route et avec ce véhicule, pas de contrôles à craindre. Il se dit qu'il faudrait, pour satisfaire sa curiosité, qu'un jour il y prenne une chambre, dans ce château vulgaire, prétentieux, rouge et blanc.

***

Le commissaire Patcharan cala un compact des *Lieder* de Schubert et une fois la qualité et le volume sonores jugés satisfaisants, s'enfonça dans un fauteuil en cuir de forme club, s'alluma un Davidoff et resta une demi-heure sans bouger. Enfin, il relut le rapport de la balistique. Puis prit une décision. Il débarrassa la table basse, y installa verres et whisky. Dans son bureau, il prit avec religion un coffret en loupe de cèdre, qui fut conduit au salon, avec cette précaution extrême que l'on ne réserve, en principe, qu'au transport de nitroglycérine. Il enleva *La jeune fille et la mort* au profit du *Iron Fist* du groupe Motorhead et appela l'inspecteur Pondichery. Lui enjoignant de venir dans l'instant, au 17, rue de la Bergerie, à son domicile personnel.

Au bruit de billes d'acier s'agitant dans une casserole, il sut que la 403 de l'inspecteur venait de stopper sous ses fenêtres. Deux minutes de claquements de portière et une sonnerie discrète retentit. Le commissaire ouvrit et prit les devants :

– Vous êtes un privilégié. Je veux dire que je n'invite jamais des collègues chez moi. Ce qui ne vous interdit pas de vous asseoir, Pondichery.

Le Jameson coula dans les verres. Et le commissaire ouvrit la boîte de bois précieux et mit en garde :

– Voici d'authentiques Cohiba. C'est-à-dire que ce sont des produits de contrebande. Que voulez-vous, les Basques, même policiers. Il est évident que je compte sur votre discrétion.

– Cela va sans dire. Au reste, si j'étais indiscret, quelles seraient mes chances d'en refumer ?

– C'est assez juste. Bon, vous ne pouvez pas avoir pris connaissance du rapport définitif de la balistique, il date de deux heures. Vous souvenez-vous du premier ?

– Globalement. 9 mm, cent vingt-cinq cartouches, tirées avec une arme automatique courte du type Uzi israélien. Trois angles de tirs différents ce qui semble indiquer trois exécutants vu la rapidité du travail.

– Jusqu'ici, vous aviez tout bon. Seulement voilà. Il y a un hic. Les stries relevées sur les balles sont toutes, vous m'entendez bien, toutes identiques. J'en déduis donc que…

– Qu'il n'y a qu'un seul tueur qui a tiré de trois endroits différents.

– Voilà. La première rafale fait tout le travail, les deux autres ne sont là que pour l'esbroufe…

Le commissaire craque une longue allumette et embrase le tabac dans les règles de l'art. Chacun pompe son barreau de chaise avec un plaisir palpable. Une gorgée d'alcool par-dessus... C'est fou ce que cela peut vite monter dans les tours, une tête. Cinq minutes de savoir bien vivre et d'extase passent. De la brume plein les yeux, Patcharan reprend :

– À vue de nez, le but recherché est parfaitement clair. Évident, même, pour tout dire...
Il expédie un rouleau de cinquante grammes de cendre sur un tapis de prières du Turkistan, lequel affiche allégrement son XIXème siècle. Cependant, je n'y vois, moi, qu'un attrape-couillon. La frontière est à une demi-heure d'ici, qu'avait-il besoin de nous retarder d'une heure alors qu'il en disposait, tout compte fait, de deux d'avance. Ridicule, n'est-ce pas ?

– Pas vraiment. Il voulait qu'on l'imagine en Espagne, c'est aussi simple que cela.

– Non, quand je disais ridicule, je voulais dire que c'était l'idée de nous rouler qui l'était.

Avisant les verres presque vides, Patcharan ressert avec générosité, lâche quelques ballons de fumée et martèle :

– Je maintiens que le tueur est toujours dans nos murs ! Trouvez-le et je vous jure que je parle de vous en hauts lieux !

Manzana prépara son accostage en prenant un angle de 30° par rapport au ponton. Puis, il coupa les gaz. La coque vint mourir contre le bois. Un voisin attrapa les amarres et le bateau fut définitivement calé. Les badauds et les autres navigateurs accoururent pour voir les captures et les belles pièces frissonner dans le sang et le sel. Les mouettes se mirent à tournoyer autour des poissons, le bec entrouvert, les ailes bien ouvertes, se balançant au gré du vent. Elles faisaient un raffut de tous les diables et il se trouva un ou deux pieds tendres pour soutenir que cela portait malheur. Comme à l'ordinaire, le capitaine fut pris en photo, entre ses deux plus belles prises. Puis, les deux bestiaux furent dépecés, tronçonnés et répartis entre les présents, pour les chiens et les chats. Manzana passa le jet sur la plage arrière, fit le plein et, en montant dans sa voiture, se prépara à affronter les pleurs de sa petite fille. Il serait faux de dire qu'il n'eut pas le cœur pincé.

***

Le vent de mer... Georges Brouillard le connaissait bien. Ou plutôt, savait qu'il amenait la pluie. Il estima qu'il avait le temps de finir son scotch, sans se presser, et de grignoter quelques anchois marinés. Il était tôt et, il n'y avait pas si longtemps, il avait vu les culs blancs des lapins frétiller à la limite des ronciers. Il regarda un bouquet d'hortensia, qui moutonnait aux pieds des tamaris. Les vagues se formaient, frappaient les murs de pierres et l'écume montait de plus en plus haut. Tellement que cela salait les arbousiers juste plantés. Georges regarda ce spectacle, dépité, d'abord, par tant d'efforts gâchés, et, devant la majesté du spectacle, admit que cela ferait aussi crever l'épouvantable haie de piracanthas que sa voisine venait tout juste de mettre en terre. Ce qui le fit sourire. Il détestait tout ce qui piquait, l'assimilant à quelque chose de nuisible. Et cela englobait tout ce qui se trouvait entre l'acacia et le Coca-Cola.

La gigantesque bâtisse, ancien hôtel divisé en appartements, se couchait derrière lui, masse blanche aux contours en terrasses et tiroirs secrets. Un délire à la Dali.

Il entendit, malgré le fracas de l'océan, le bruit caractéristique d'un V.12. Il se dit qu'il ne connaissait pas encore ce locataire si luxueusement motorisé.

6

Pedro posa un chiffon graisseux et dit :
– P.38 allemand. 780 grammes à vide et huit coups. Calibre 9 mm parabellum. Voilà pour la technique. Je t'ai rajouté deux chargeurs pour faire bonne mesure. Au cas où tu viennes à manquer, on ne sait jamais.
– D'où tu le sors ?
– Un déserteur de la dernière... Bref, ce

joujou, c'est ce qu'on a fait de mieux dans le genre. Tu verras.

La seule chose que Gabriel savait, c'était que les Basques avaient payé un lourd tribut à la Guerre Civile. On parlait de cent mille morts. Alors ça, ça ne pousse pas à l'envie de dialoguer, faut comprendre… Ils continuaient d'ailleurs à casser du gouvernement central et du garde civil. Ce qui n'est pas forcément un mal. Gabriel songeait qu'il trouverait sans doute des pièces pour son Polikarpov, dans cette contrée. Peut-être même une sorte de filière… Allez savoir.

Quatre heures de TGV, ce n'était pas la mort. Un peu court, peut-être. Le paysage ne défile pas, à cette vitesse, il fout le camp et on ne lui voit que le dos. De même qu'avec cet air climatisé, on ne sentira pas l'odeur des pins, quand on abordera les Landes… Non, pensait Gabriel, les yeux sur la Garonne, découpée en losange par un pont de fer, en arrivant à Bordeaux, c'est pas à cette vitesse qu'on écrira la prose de la SNCF. Le train marquait presque deux heures d'arrêt, dans la capitale du vin âpre et rocailleux. Il emprunta le souterrain, puis l'escalator et se retrouva dans un quartier bruyant, pollué et engrisé par une avalanche de taxis, de bus et de voitures particulières. Ça oxydait de carbone à pleins poumons. Il traversa, tant bien que mal, avisa un restaurant aux tables dispersées dans une sorte de jardin d'hiver. Au-dessus du menu, on avait inscrit : « salle climatisée ». Premier bon point. Le second fut la présence, sur la carte des alcools, de plusieurs marques de bières. Il rentra, et comme il savait que le repas ne durerait pas deux heures, il attaqua à la Smithswicks. Gabriel eut tout de suite des bulles plein les yeux. La pendule à chiffres romains, comme un hommage rendu à la nation la plus impérialiste et massacreuse de l'histoire mondiale, saccadait le temps. Sur le trottoir s'entassaient des pyramides de sacs... Une patrouille de flics... Il se précipita sur une carte riche en poissons. Sélectionna l'escalope de lotte à la fondue de poireau qu'il fit accompagner d'une Blanche de Bruges. Ensuite, il ouvrit le *Sud-Ouest* et passa en revue, avec rigueur, l'état sanitaire du littoral. Les plages landaises et basques, à deux ou trois exceptions près s'en tiraient plutôt bien. On pouvait patauger en paix. Puis, il passa aux pages régions, Biarritz s'étalait en gras, en haut à gauche. Les informations se faisaient plus précises sur ce qu'un journaliste appelait *« la tuerie de la rue du Moura »*. La situation était catastrophique. Les hôtels étaient à moitié vides, les bars, boîtes et restaurants étaient déserts et les rues pleines comme le crâne d'un policier municipal, comme si le crépuscule signifiait un couvre-feu. Couvre-feu tacite, sans écriture, sans patrouille chargée de tirer à la moindre incartade mais scrupuleusement respecté. De fait, l'affaire, que la police voulait maintenir à un strict niveau local, avait déployé ses ailes et volé jusqu'à Paris. Les élus locaux, soutenus sur leur aile extrême droite par des associations de commerçants à l'haleine qui empestait le poujadisme, hurlaient contre l'incompétence de la police, réclamaient leur manque à gagner au gouvernement ! Ça foutait un beau bordel ! Prenait des allures de février 34... Deux maires particulièrement teigneux, Jean Ferme et Hélène Dupaingouin, à la tête des deux communes scandaleusement richissimes, relançaient la pétition sur le rétablissement de la peine de mort ! Au cours de diverses manifestations, on entendit – une fois n'est pas coutume – invoquer les vieux démons : Juifs, francs-maçons, communistes. Même les Arabes y eurent droit. Les vingt-sept malheureux qui vivent ici.

Tous ces marchands de soupe oubliaient le sommet franco-africain... Quand Hassan II, qui règne sur une équipe de tortionnaires et de planteurs de cannabis, louait l'intégralité d'un quatre étoiles du centre-ville... La droite dans toute sa splendeur, son être profond et véritable ! Mais que pouvait-on attendre d'une ville qui, l'été, illumine les rouleaux océans à grands renforts de spots bleus, blancs et rouges ?

Gabriel soupira. Au milieu de ces chiffres, des baisses de fréquentation saisonnière et des indices de réservation, pas un mot des cinq gamins exécutés, pas une larme, pas un mot aux familles. En lieu et place, des marges bénéficiaires, des plus-values. Le pognon en oraison funèbre... Il saisit son guide touristique et chercha un hôtel dans Biarritz. Il eut un hoquet d'indignation à la lecture des tarifs. Tant ceux des chambres que des restaurants. À un tel niveau, cela porte un nom : racket. Laissant cette lecture affligeante, il commanda une bière et se lança dans une évocation mentale d'un de ses poètes favoris. Un Irlandais... Ministre de l'État libre et prix Nobel de littérature. À l'époque où cela voulait dire quelque chose... 1923. De mémoire, il récita les vers du vieux barde :

« Je le vois encore
Cet homme aux taches de rousseur
Partir vers un lieu gris par la colline
En ses vêtements gris de Connemara
Pour lancer à l'aube ses mouches ».

Il soupira. On entendait le souffle du vent, sur les collines, on sentait l'odeur de la pluie sur le tweed... Et cette grande simplicité et l'amour des gens simples... Il alluma une cigarette. Revint dans le guide touristique et sur la nappe fleurie. Il se décida pour l'hôtel des Basses Pyrénées, à Bayonne, construit sur et dans les remparts et dont une chambre se situait dans une tour. Les deux villes se touchaient et sa présence, avec un peu de chance, serait moins repérée qu'en s'installant dans la cité impériale.

Plus tard, à son arrivée, il constata que l'on ne pouvait être vu de l'extérieur des remparts. À moins de monter sur la cathédrale. Des murailles de tous les côtés, dans tous les sens. Tout ce que l'architecture militaire a inventé en matière de murs et chicanes était présent ici. Par association d'idées, Gabriel pensa à l'infâme Vergeat, lequel devait être sur les dents, à la recherche de son souffre-douleur favori. Et il serait bien surprenant de ne pas le voir débouler un de ces quatre. Et sûrement pas pour s'adonner aux joies des sports aquatiques... Il ne faudrait pas trop traîner. Gabriel regarda monter des bulles lourdes et noires dans son verre de Beamish. Dehors, un cordon de CRS se mettait en position d'éventail. Il se félicita d'avoir laissé le revolver dans son sac, à la consigne. Les acteurs de Vichypirate allaient palper, fouiller. Parachever la mise en scène de la plus grosse farce de ces vingt dernières années. Les gens se laissaient faire, ouvraient leurs sacs, baissaient leurs pantalons, prenaient, c'est possible, aux attouchements des gants de cuir, un vif plaisir. C'est tellement plaisant de faire le mouton.

7

Manuel Sabatero était un ivrogne. C'est un fait. Mais consciencieux. Ça existe. Il prenait donc son service à la clinique vétérinaire tous les matins à neuf heures. Oh ! Il n'y faisait pas grand-chose de gratifiant. Il tremblait trop pour opérer, avait le visage tellement marqué qu'il faisait fuir la clientèle. Un boulet. Mais comme le foutre à la porte aurait coûté cher, on le gardait et lui refilait les autopsies. Ça puait, c'était moche, dévalorisant. En dépit de tout, c'était toujours mieux que pointer à l'ANPE se disait-il. Se faisait une raison. Socialement parlant, il était passé de l'évanouissement biarrot (estampillé «ooohh, ma chèèèère !») au cadavre pas frais.

Ce matin-là, il devait ouvrir un basset artésien. Sur la fiche, il lut le nom de Gros Pépère, alors qu'en fait, son véritable patronyme était : Edgar de la Mottemuche. Les propriétaires, inconsolables et orphelins, furent aussitôt sympathiques à Sabatero. Un chien de race débaptisé, c'est pas tous les jours, dans cette contrée de snobinards. Sur la table blanche et dans l'odeur d'éther, la bestiole faisait peine à voir. Il se plongea dans le travail pour atténuer son chagrin. Au bout d'une heure, passée au scalpel, microscope et tests réactifs, sa conviction fut faite. Empoisonnement par ingérence de cyanure d'hydrogène. Il pensa que certaines personnes étaient vraiment des ordures. Il rédigea un début de rapport. Le poisson englouti avait concentré la substance toxique. Gros Pépère, le boulottant, se condamnait aussi sûrement qu'un basané pénétrant dans un meeting du Front National.

Manuel Sabatero relut son compte-rendu. Et se posa des questions : comment fait-on pour intoxiquer un poisson de mer ? Il est plus rapide de piquer le chien. Et qui possède du cyanure d'hydrogène, chez soi ? Tout cela ne tenait guère la route... Avec ce qui lui restait de nez, il flaira l'anguille sous roche. Il soupira et pour s'éclaircir les idées, laissant son compte rendu en l'état, il sortit une fiasque de rhum. Quand un deuxième chien arriva, il l'ausculta tout de suite. À onze heures du matin, il avait deux fiches semblables. Puis trois à midi.

Quand il quitta le boulot, il prit une feuille, fit dix photocopies et recopia, sur chacune, les noms des clébards. Il fourra tout ça dans sa serviette, reculant le temps de les remettre, comme un étudiant qui sait que sa copie est foireuse. Il hésitait sur la conduite à tenir. Prévenir la SPA, les flics, son supérieur hiérarchique. Pour mieux cerner le problème, il s'envoya une gorgée d'alcool.

* * *

Le soleil tapait comme un garde mobile sur un sit-in pour la paix dans le monde. Les cristaux liquides annonçaient 38° et une fois sorti de la salle des pas perdus, Gabriel tituba sous la canicule. Il s'engouffra dans un taxi, fila l'adresse de son hôtel et profita de la climatisation par tous les pores de sa peau. Ils passèrent l'Adour, puis la Nive, contournèrent la mairie-opéra-théâtre-salle-de-conférence, réalisée dans une architecture de style mégalomane. Le taxi remonta le petit fleuve vers les Pyrénées. Les quais alignaient quantité de bodegas, restaurants et autres bars. Certains, rive droite, se dissimulaient sous des arcades. Même ombragées, les terrasses étaient désertes. Sur les murs fleurissaient des slogans indépendantistes, des affiches aux couleurs rouges, vertes et blanches. Les rues grouillaient de policiers municipaux en armes et de fourgons de CRS. Pour le reste, le pays tout entier devait se trouver sur la plage et, à la hauteur de l'eau, la marée était à son maximum et étale. Pas un souffle de vent... Ce n'était plus une rivière mais un miroir. En face, quand la Nive s'apprête à redevenir sauvage, une jolie école de filles, façon XIXème siècle, semblait à l'abandon. Sur les hauteurs, au sud-est, une imposante caserne fichue d'un château fort semblait vouée au même sort. Au feu rouge, en bout du quai Amiral Jauréguiberry, le taxi prit la contre-allée, qui remonte au sommet de la colline, et s'arrêta à mi-pente. Gabriel régla la course et courut vers une petite porte qui s'ouvrait dans l'ancien rempart. Il monta trois marches et arriva dans un salon couloir. Au fond, la réception s'avançait en rotonde, et une dame lui souhaita la bienvenue.

– Est-ce que la chambre de la tour est disponible ?
– Mais certainement, monsieur.
– Je la prends.
– Je ne voudrais pas vous faire peur mais êtes-vous superstitieux ?
– Non, pas du tout.
– Alors, elle conviendra, je vous donne les clefs et je vais vous la montrer.
– Parce que si j'avais cru aux revenants et autres fantômes, vous ne l'auriez pas louée ?
– C'est que voyez-vous, elle est pourvue d'une histoire. Disons sinistre. Voilà : du temps où Bayonne avait un bourreau, c'est dans cette tour qu'il résidait. En fait, c'était la maison de l'exécuteur des Hautes Œuvres.

Elle lui tendit le trousseau. Gabriel eut un frisson dans le dos. Malgré tout. On dira ce qu'on voudra. Justement, cette tour, cylindrique, civilisée. À la vocation de défense en très lointain souvenir. En 1917, William Butler Yeats achète Thoor Ballylee. Qu'il habite en 1919. Elle lui ressemble, au jeune barde : grise, carrée et austère. Une vieille tour normande, quoi. Il attend 1925 pour la célébrer en un long poème. Gabriel, l'âme en éveil, est déjà debout sur les remparts :

« Devant cette ruine, pendant des siècles, arrivèrent
De rudes hommes d'armes, guêtrés jusqu'au genou
Et leurs souliers ferrés gravirent les marches étroites,
Et il y en a certains, parmi ces hommes d'armes,
Dont l'image conservée dans la Mémoire du Monde
Revient, la bouche hurlante et le souffle haletant,
Troubler soudain le repos du dormeur,
Et leurs gros dés en bois roulent sur la table. »

Mais Gabriel déchanta très vite. Il y accéda, à ces créneaux, par un ascenseur. Pauvre Yeats...

***

Le nouveau commissariat de Bayonne ressemblait à un bunker. En moins drôle. Situé, comme les locaux de la police judiciaire, bien en dehors du centre-ville. Les routes qui y conduisaient étaient surveillées, bardées de caméras et révélaient de façon définitive la paranoïa policière. Le Chili au temps de ce bon monsieur Pinochet. Gabriel demanda à son chauffeur :

– C'est pour qu'on entende pas les «présumés innocents» hurler, qu'on éloigne ces locaux des centres de vie.

– D'après vous ? Mais ça ne sert à rien parce qu'on livre les militants à la police espagnole qui a été élevée au biberon par Franco. Ça ne trompe personne.

– Sauf le contribuable, qui croit qu'on bâtit des écoles, des hôpitaux et des crèches.

– Bataille pas ! C'est le sens de l'histoire à la française : Vichy livrait les Juifs, Paris livre les Basques. Et puis les Bretons aussi. C'est pas d'hier.

Ils franchirent des ponts-levis, traversèrent des douves... Un condensé de la barbarie vaubanesque.

Un énième fourgon de CRS croisa la voiture. Le chauffeur grommela :

– Gora Euskadi Askatuta ! Polizia Kampora !

– Excusez-moi, mais j'en suis resté à «no passaran !», alors...

– Ça veut dire «vive le pays basque libre ! La police dehors !»

– À propos, j'ai lu un truc dans le journal... Qu'est-ce qui se dit au sujet de la fusillade de la rue du Moura ?

– Z'êtes flic ?

– Hé ho, je ne vous traite pas d'adhérent du CDCA, alors restez poli !

– Je sais ce que tous les gens savent. Pas besoin d'être grand clerc, suffit de lire *Sud-Ouest*.

Deux minutes plus tard, ils passèrent la pancarte «Biarritz», sous laquelle était écrit : «ville jumelée avec Verstäägestapölaander (Afrique du Sud)». On attaqua la descente vers la mer. Plus ils avançaient, plus ils s'immergeaient dans le luxe, le tape-à-l'œil, le plein-la-vue. La ville était coincée entre les églises, les suites à dizaine de milliers de francs et les rangées de planches de surf. Dans la journée, tout ce petit monde se transporte entre ces planches en résine et les premiers rouleaux. Le sable se noircit. On s'y voit, s'y acquiesce... Bref, cela se transforme en rivage des pitres... Quand Gabriel fut largué en plein centre-ville, face à l'Église orthodoxe, il entra chez un buraliste, acheta un paquet de Gauloises et un plan-guide. Puis il se laissa glisser le long de la clôture de l'hôtel du Palais et découvrit le front de mer, bien aménagé, face à des blocs de rochers bruns que les lames s'obstinaient à dérouiller et qu'elles finiraient bien par gommer du paysage. Sur un panneau gros module s'étalaient les prix de location des cabines, transats, chaises longues et autres repose-gros-culs. Au bout de cette longue allée, le casino dans une architecture aimablement mussolinienne, faisait une grosse verrue, enkystée sur la plage.

Plus loin, on pouvait admirer «Sida Beach», ce qui vous pique la plante des pieds n'a rien à voir avec les oursins, et au-delà, se trouvait «Coca Beach», du fric plein les fouilles, la tête sur le sable et la paille dans le nez. De bien beaux endroits.

Gabriel se posa sur un banc, lisant, pendant que le vent en déchiffrait la moitié, le plan du BAB. Bayonne, Anglet, Biarritz. Le papier se pliait, se froissait... Une fois le lieu de la tuerie repéré, Gabriel goûta la douceur du lieu, ses bras dépliés sur l'intégralité du dossier en authentique ciment. Biarritz. Béton. Bitume. BBB. Il y a eu des précédents, dans ce même style.

Dans la fraîcheur maritime, il assista au plus beau défilé de rombières, qu'à part celui des Champs-Élysées ou de la Promenade des Anglais, il lui fut donné de voir. Vieilles, formolées, vindicatives et méprisantes. Classieuse et ante-christique, la gent biarrotte défilait. Avec son cortège de chiens de mémères. Tous. Chihuahuas, yorkshires, pékinois, toutous frisés noirs et, comble de l'horreur, les infâmes caniches abricots. Comme leurs maîtresses, enrubannés, enlaissés, embijoutés, arrosés de sent-bon, par-dessus leur imperméable grotesque et plastique. Et pourtant, le mercure claironnait 39°. Lassé d'un spectacle, somme toute assez déprimant, le Poulpe remonta en direction de la rue du Moura. En traversant la très passante rue Édouard VII, il faillit se faire renverser par une Jaguar type E. Il montra son poing au chauffard, qui ne jugea pas utile de le prendre sur la gueule et donc, continua son chemin.

Ça vallonne, le pays basque ! Et ça s'étale ! Remonter la rue du Maréchal Foch, puis celle de JFK, n'est pas une sinécure. Au passage, Gabriel nota l'intérêt de la ville pour les grands massacreurs, les mafieux et les réactionnaires. Il pensa que par ailleurs, le cumul n'était pas interdit. Pour preuve, beaucoup d'hommes et de femmes d'État anglais avaient leurs plaques. Ce qui vint renforcer la première impression. Yeats donna de la voix :

« Ils étaient pourtant d'une race différente
Ceux dont les noms arrêtaient vos jeux d'enfants,
Ils sont passés sur le monde comme le vent
Mais ils n'avaient que peu de temps pour prier
Ceux qu'attendait déjà la corde du bourreau,
Et, que Dieu nous garde, que pouvaient-ils amasser ?
L'Irlande romantique est morte et disparue,
Elle gît avec O'Leary[1] *dans la tombe. »*

---

(1) Dirigeant du Sinn Fein du début du siècle.

Il marcha, le Poulpe. Aussi, c'est en nage qu'il stoppa devant le rectangle bleu cerclé de vert qui annonçait la rue de la tuerie. Le soleil cognait comme un vigile de supermarché sur un Maghrébin. Il se plaqua contre un mur, histoire de profiter de l'ombre d'un balcon quand, sortant de la gare de la Négresse, il avisa, rouge sous sa veste de faux tweed, la mine de belette vicieuse de Vergeat. Les RG, c'est comme la vérole sur le bas clergé ! Bien ancrée et omniprésente.

8

Il sonna. Un coup sec poli. Un peu trop long pour être celui d'un huissier. Une petite dame sèche, tendue comme un ressort d'arbalète, lui souhaita la bienvenue en ces termes :

– Vous n'êtes pas à droite, au moins !

– Ah, ça suffit ! Un type m'a demandé si je n'étais pas un flic, il n'y a pas une heure. C'est plus qu'assez pour la journée !

– Oui, je comprends bien. Bon, pouvez rentrer. Je suppose que vous êtes Gabriel. Pedro m'a prévenu. Le salaud, trente ans sans nouvelles, et là, poum ! Plus d'une heure pendue au bout du fil... J'vous jure, quel phénomène !

L'appartement était petit et de bon goût. Bien frais, ce n'était pas du luxe.

– Excusez-moi pour l'hospitalité... Mais bon, je viens de regarder TF1 et j'enrage. Quelle bande d'ordures, c'est à peine croyable. Vous travaillez pour qui vous, alors ?

– Pour moi. Ni pour la gloire, ni pour le profit. Encore que...

Gabriel pensait à son Polikarpov, en disant cela. Il imaginait Raymond, le couvrant d'une œillade de velours. Puis il se transporta cinquante bonnes années en arrière, sur la ligne de front. Lui-même, le célèbre aviateur «el Poulpo», aidé de son fidèle bras gauche, Pedro, gagnant la bataille de Barcelone, l'imprimeur encore parfumé d'encre, tirant comme un fou sur sa Boyard papier maïs et s'en servant pour allumer des bâtons de dynamite. Puis, ces paquets cadeaux expédiés sur les Phalangistes, les envoyant vérifier le bien-fondé de leur cri de guerre «Viva la muerte !» Allez-y voir !

Une voix de crécelle le tira de sa rêverie :

– Vous dormez ? C'était bien la peine de venir de si loin ! En plus, l'est pas très confortable, mon canapé.

– En fait oui, je viens effectivement de la part de Pedro... Il m'a dit qu'il vous connaissait de Limoges.

Arlette réfléchit. Et :

– Oui, oui, c'est bien de Limoges... On n'était pas dans le même réseau, mais oui, on se connaissait un peu.

Un chat siamois vint se frotter sur le Poulpe et s'allongea, la tête sur cette grande main. Sautant du coq à l'âne, Arlette attendrie dans un premier temps, lui glissa :

– Il y a un mois de cela, il y a eu une avalanche de morts d'animaux. Des chats et surtout des chiens. Une horreur dont vous n'avez pas idée. Les pauvres bêtes se paralysaient, puis vomissaient et hop ! Salut Saint-Pierre, reste de la place ? Et ce qu'il y a d'étrange, vous voyez, c'est que c'est arrivé le même jour.

Gabriel gratouilla les moustaches du matou qui en bâilla d'aise. Et pendant ce temps, laissait Arlette se dévider, comme une pelote de laine, après laquelle courait une multitude de greffiers enamourés.

– C'est après avoir mangé du poisson, à ce qu'on dit. Faut dire que l'état des plages, ici, c'est plus ce que c'était. Beaucoup sont classées B. Fort heureusement, le poisson, très souvent, ne vient pas du Golfe de Gascogne. Ils vont le chercher en Bretagne ! Au Guilvinec ou à Concarneau. C'est marqué sur les caisses en polystyrène, la provenance. Les mareyeurs ne sont pas à plaindre, j'vous jure, ils s'en mettent plein les poches. Bref, les bestiaux ont été empoisonnés. Bien sûr, on n'en a rien dit. Ils préfèrent que les gens s'intoxiquent plutôt que de perdre trois sous, pouvez me faire confiance ! Ça toujours été pollué, dans le coin, parce que le courant vient d'Espagne et nous apporte les rejets des usines du pays basque sud. Mais à ce point ! Je crois bien que cela n'était jamais arrivé. Ça me fait penser qu'il y a deux semaines de cela, le père d'un des gamins assassinés, vendait un bateau. Oh, je ne me souviens plus de la marque. Mais le gosse faisait partie des tués, j'en suis sûre. Je m'en souviens parce qu'il ne portait pas un nom du coin. Voyons, c'était... Plutôt breton, voyez...

Elle frappa dans ses mains et s'écria :

– Gast ! Yannick Gast. J'savais bien que je m'en souviendrais ! Il y avait une petite annonce dans le *Sud-Ouest* : «*Vend pour cause de lâche assassinat*».

Elle regarda dans le vide et dit, dans un murmure :

– Les pauvres gens...

Un grand silence... Enfin, le torrent butait contre un barrage. Vite, le Poulpe se glissa dans cette faille :

– Je ne comprends pas. S'il n'y a pas eu d'autopsies, d'analyses des aliments ingérés... C'est quand même étrange que tout le monde affirme que le responsable de ces morts soit le poisson ? Comment peuvent-ils le savoir ? Est-ce que les autopsies ont été pratiquées et une fois les résultats connus, ces derniers ont-ils été, ou non, divulgués ? Quel laboratoire a-t-on chargé du boulot ? Et surtout en quoi est-ce que cela intéresse nos cinq rappeurs ? Parce que… En fait, c'est pour eux que je suis venu.

– Je ne sais pas. Mais en un mois, deux affaires qui font des morts sans que l'on n'y comprenne rien. Ça fait beaucoup. Beaucoup pour qu'il n'y ait pas de relation entre les deux. C'est une question de flair ! Vous croyez aux coïncidences, vous ? Remarquez, vous avez encore l'âge, oui, d'y croire…

***

Le commissaire Patcharan semblait ne pas souffrir de la chaleur. Il traversait tous les étés dans des ensembles en lin, sous lesquels s'étalait, en règle générale, une chemise pourvue d'un crocodile. Il proclamait, à qui voulait l'entendre, qu'il était climatisé. Et pourtant, ce 9 juillet, il fondait. Il lisait et relisait ses fiches. Cela dépassait l'entendement. Frisait le sabotage. Et quand on est flic au pays basque, c'est un mot qui ne fait pas rire. Il ouvrit la porte de son bureau, demanda au planton d'aller chercher les duettistes de choc : Samovar et Pondichery. Fit semblant de s'asseoir à son bureau pour y travailler, en fait pour martyriser son Mont-Blanc tant il était anxieux. Puis, les doigts pleins d'encre, il desserra sa cravate Cerruti, défit trois boutons à sa chemise Kenzo et utilisa sa pochette de soie moirée comme mouchoir. À travers les vitres, le soleil cognait comme un gardien de la paix sur la Déclaration des Droits de l'Homme et du Citoyen. On frappa ; les Dupont biarrots passèrent leur bout du nez par l'interstice de la porte capitonnée. Dès qu'il aperçut les deux appendices, Patcharan prit sa respiration, saisit une liasse de feuilles et leur lança :

— J'attends vos explications. Et vite ! Très très vite ! Rentrez et bouclez-moi cette porte ! À double tour !

* * *

Manuel Sabatero jubilait. La joie l'inondait à grands flots. Il relut la lettre. La brandit au ciel, puis se la fourra sur le visage, l'embrassa et tenta de l'avaler. Il goûta l'équivalent d'un confetti, l'arrosa de Rioja, puis remangea le papier chiffon vergé. Un peu pâteux… Quelques gouttes de vinasse rouge restèrent en suspens, arrimées à sa moustache de rat. Lui, le dessinateur le plus doué de la côte, le génie le plus méconnu de son temps, l'autodidacte intégral, enfin connu et reconnu… On dira ce que l'on veut, mais ça fait du bien. Il irait au Loch Ness. Établissement de haute tenue. Se ferait sucer par des jeunes femmes belles et expertes. Sablerait le champagne. Tentera une sodomie avec la plus consentante. Refilera l'adresse à Pivot, Polac et Philippe Gildas. Même à PPDA, s'il est encore dehors… Il relut le contrat, signé d'un certain Philippe Ribot. Réalisateur de films pornos qui lui passait commande d'une centaine d'affiches pour ses chefs-d'œuvre. Un destin exemplaire ! Il sortit, sur le pas de la porte, s'arrêta pour profiter du début de soirée. Le crépuscule s'échouait, sur les hauteurs des toits, dans un extrême apaisement. Il souffla, repu de bonheur... Il constata qu'un bosquet de platanes lui dissimulait le soleil couchant. Les mains dans les poches, il traversa la rue.

***

Gabriel avait sorti une petite table et une chaise sur le balcon. Le soir tombait sur cette journée bleue et orange et, curieusement, la ville était silencieuse. Quelques voitures passaient entre les remparts. La Nive coulait son petit bonhomme de lit. Un pont en poutres d'acier signalait les rails de chemin de fer. Une odeur de fleuve, de ville et d'été se mélangeait. Une cigarette. Le briquet en plastique émit un son grotesque en touchant le formica. Les Pyrénées se détachaient, comme des courbes d'encre de Chine sur du papier blanc. Gabriel pensa à la Guerre Civile. Est-ce que l'on avait entendu les hurlements de Guernica, d'ici ? Sans compter le craquement du cou de Puig Antich ? Et tant d'autres choses... Il pensa aux terrains d'aviation qui se trouvaient... Oh, pas bien loin, derrière.

Juste derrière. Il ferma les yeux et pensa aux escadrilles de Mosca. Tressautantes, bourdonnantes. Il rouvrit les yeux ! Nom de Dieu ! Il venait de voir son Polikarpov. Il lui manquait l'hélice. Cette hélice ancestrale, en bois. En acajou du Mexique, pour bien faire, un des rares pays à avoir ouvertement soutenu la République. Mais le petit avion, presque un jouet, était lourd de l'avant et en cas d'atterrissage manqué, se foutait la gueule par terre. Il ne devait plus en rester des dizaines, ni de cet aéroplane, ni de cette pièce en particulier. Et quand bien même ! Elles devaient s'acquérir au prix fort... Mais avec beaucoup de chance. Qui sait ? Il imaginait la bouille de Raymond, devant cet énorme morceau de bois. Perdant son sang-froid devant l'engin... Il sourit, comme au réveil d'un doux rêve et, pour perdurer l'illusion, fila boire un verre.

* * *

Il tomba un rapport, la musique du V.12 vint couvrir le *Requiem* de Mozart. Peu importe, pensa-t-il, c'est le moment le plus pénible du morceau. Il aborda un virage en seconde et, comme immédiatement après, la rue redevenait droite et pentue, il garda de la puissance pour repartir comme une fusée. Il aimait cette pratique d'adolescent attardé, qui lui donnait une sensation de vertige, le collait au siège. Il en tremblait de bonheur, quand on se retournait sur son passage. À l'instant précis où ses phares furent dans l'axe du trottoir, il appuya à fond sur la pédale de droite. La Type E décolla. La respiration coupée par l'accélération, il ferma les yeux à moitié. C'est pour cela qu'il ne le vit pas. Cet échalas quinquagénaire, blanchissant et moustachu, qui zonait au milieu de la rue, le nez en l'air. Un choc, la voiture qui se soulève. Le pare-chocs heurte le crâne de Sabatero, la pièce métallique, bien que moins dure que la boîte crânienne du génie, tient le coup. Marque un point. Sabatero passe le pinceau à gauche. Triste destin.

Le sang sortit du visage et partit faire un tour. Il poussa les cylindres jusqu'à la zone rouge du compte-tours. Regarda dans les rétroviseurs : l'accident n'avait eu aucun témoin, à vue de nez. Pourvu qu'un blaireau n'ait pas eu l'idée, juste à ce moment, de mettre son blair aux carreaux. Il soulagea son moteur en enclenchant la troisième. Cette attitude de foireux fit qu'il ne vit pas qu'il venait d'exécuter, à son corps défendant, la deuxième partie de son contrat !

Il décida d'aller manger à Bayonne, histoire de se faire oublier, le temps que l'on découvre le cadavre et que la police œuvre. Il arriva par le sud, pleine vue sur les remparts. Mais quand on est tueur à gages, on ne goûte pas Vauban ! Une fois aperçues, les flèches de la cathédrale, éclairées mieux que le Louvre, furent appréciées comme une sorte de phare... Il accéda, par la porte d'Espagne, aux hauteurs de la cité, se gara place Montaut et examina son Anglaise. Amoureusement, il passa sa main sur le chrome, rafla un peu de sang et de cervelle et s'essuya à un Kleenex. Il enfila la rue de Luc, remarqua l'échoppe d'un luthier, prit la rue d'Espagne et s'acheta, dans un café surnommé The Basque Singer, un paquet de Marlboro. Il alluma son clope sur le pas de la porte, se dirigea vers la rue du Pilori. Le quartier devenait pavé et piéton. Pas un bruit dans les rues chaudes et commerçantes. Il laissa son regard flâner sur les façades à colombages et se retrouva sur la place des Halles, flambant neuves, déjà démodées. La marée descendait et la Nive, soumise à l'océan, dévalait en torrent vers l'Adour. Juste en face, jaune et bleu, une bodega bruissante, avenante, rive droite et nommée Chez Tchoutche. Des odeurs de piment, de poisson et de viande grillée en émanaient. Il décida de franchir le Rubicon.

***

Gabriel s'ennuyait de Cheryl. Malgré son fichu caractère, son tempérament casanier, il pensait qu'avant de retrouver quelqu'un qui encaisserait tout ce qu'il lui faisait encaisser, il y aurait sécheresse à Brest. Il décida de lui passer un coup de fil, d'une cabine. Quelque chose de rapide, histoire de ne pas trop tirer sur la corde de la baraka. Le fait que Vergeat soit dans les environs le rendait méfiant et cette histoire de gosses massacrés sentait, non seulement le fumier, mais aussi l'affaire de grosse pointure. Il lança sa carte téléphonique sur le lit, ensuite, il ouvrit son sac, sortit d'un étui de coton le Luger P.38. Pedro lui avait assuré que l'arme était propre, que la dernière balle sortie du canon datait de 1944 et que, de toute façon on n'avait jamais retrouvé le cadavre... Il n'y avait aucune raison de ne pas le croire. Il rangea les huit projectiles de 9 mm parabellum dans le chargeur et après réflexion le renvoya au fond du bagage. Gabriel sentit qu'il n'était pas encore l'heure de déployer ses ailes.

Une cabine frappée du cachet PTT et de quelques jets de pierre se trouvait à l'entrée de la rue des Basques. Venelle sombre éclairée par la vitrine d'une crêperie bretonne. Son joli nom, La Rade de Brest s'étalait sur fond de macareux. Gabriel repensa à la proposition qu'il avait faite, de partir là-bas... Quinze jours de vacances...

Il fit le numéro, compta jusqu'à dix, vu l'heure. Elle finit par décrocher et dit :
– Il te cherche partout. Prends garde à toi !
Clic. Et tuuut, tuuut.

Il cogna sur l'appareil. L'insulta en pure perte. Et bien que d'une humeur massacrante, fila se restaurer. Vingt-deux heures dix-sept minutes. Il entendit une sirène d'ambulance se rapprocher de l'hôpital. Pour celui-là, pensa-t-il, les vacances sont finies. Il ne croyait pas si bien dire. Manuel Sabatero faisait son entrée dans un tiroir de la morgue une demi-heure plus tard.

Le Poulpe rentra Chez Tchoutche et demanda une table en terrasse. Le patron, un moustachu hilare et sympathique lui dit de choisir, de s'asseoir et que la carte arrivait à l'instant. À ce moment précis, il aperçut le connard qui, la veille avait failli le renverser. Il hésita… Il avait envie de lui faire sa fête. Pas tant pour l'écart qu'il avait dû faire, histoire de ne pas y laisser la gambette. Non. juste pour passer sa rogne, celle de n'avoir pas pu dire à Cheryl… Hé bien, ce qu'il avait à lui dire…

Ce fut un bidasse du premier RPIMA qui fit les frais de sa mauvaise humeur. En fait, Gabriel le prit pour un skinhead. Quand il s'aperçut que c'était un rasé de l'Infanterie de Marine, il le traita de branleur, lui demanda pourquoi il ne servait pas encore de cible aux tireurs d'élite serbes qui, pour une fois, feraient une bonne action. Las, il n'entendait pas… Il avait ramassé un coup de pied dans le genou, en apéritif, et le second dans la poitrine. Le kaki recula, pensant se mettre hors de portée de cette allonge et mûrir sa contre-attaque. Mais on n'échappe pas aux tentacules du Poulpe. Un direct le faucha. Le coup de poing fut si violent que la montre de Gabriel avança de sept minutes. Mieux que la fois précédente.

Il rentra se coucher, un peu calmé et cachant sa main gonflée, écorchée dans une poche de son blouson.

9

Le soleil cognait comme un poulet sur un squatteur RMIste. Le Poulpe s'étira, fit quatre assouplissements sur la terrasse et constata qu'il tenait la grande forme. Il descendit dans la grande salle, prit son petit déjeuner et jeta un œil sur le journal. Rien, sinon un accident de la route. Un type ivre... 2, 23 grammes... Appel à témoins. Il décida d'aller au port d'Anglet, voir le bateau qui avait appartenu au jeune Yannick Gast. Il se fit servir un expresso dans le salon, s'empara des plans, prospectus touristiques et horaires de bus. La ligne 4 allait à la Barre et marquait un arrêt juste aux pontons. Il fallait prendre le car face à la mairie. La ville à traverser. Avec son compas jambesque, dix minutes.

L'annonce parlait d'une coque de six mètres

cinquante, équipée d'un moteur in board de 50 CV Ponton J, nom Ar Penn Kaled.

Il soufflait un vent à ne pas mettre un foc sur son étai. Dans l'eau verte et grasse, des mulets bondissaient, heureux de vivre dans un égout. Pas âme qui vive... La capitainerie, seule, semblait animée. Gabriel mit le cap sur le local. S'aperçut que l'entrée donnait sur la rivière. Deux énormes pompes à essence montaient la garde près des deux bateaux-pilotes et d'une embarcation de la Société Nationale du Sauvetage en Mer. Quatre types prenaient un café. Tous avaient des têtes de marin qui revenaient de l'enfer. Plus marquées que ça et c'était le délit de sale gueule. Gabriel y alla franco, avec l'enthousiasme du novice :

– On m'a dit que le bateau de monsieur Gast était à vendre. Je pourrais le voir ?

Le plus âgé lui dit :

– S'il n'y a que ça pour vous faire plaisir, je vais vous le faire voir. Suivez-moi !

Il posa son café et lança à la cantonade :

– Je reviens dans une minute.

Les autres hochèrent la tête et replongèrent dans leur café.

– Pas du coin, pas vrai ?

– Pas avec mon accent.

– C'est clair. Vous le connaissiez, le petit ?

– Ha, non pas du tout... J'ai juste vu l'annonce et comme je risque d'acheter par ici...

Enfin, je crois que j'aimerais bien aller pêcher en mer, quoi, voilà.

– Moi, je le connaissais bien le petit... Bon marin, en plus, c'est son père qui lui avait appris. Un gars très sûr... Avec lui à la barre, vous pouviez pas avoir peur. Enfin, c'est comme ça. Seriez pas policier, par hasard ?

– Hou là, au contraire !

Le vieux éclata de rire et proposa une Gauloise, que Gabriel, face au vent, alluma avec difficulté.

– Ben le voilà. C'est une affaire, son paternel le brade, faut comprendre... Pour les frais de port, vous avez les tarifs affichés dans le local.

– Je peux monter à bord ?

– Allez-y, voilà les clefs. Refermez bien derrière vous. Je vous laisse, j'ai un café en route. Rejoignez-moi à la capitainerie, si l'affaire vous branche sinon, pour me rendre le trousseau.

Gabriel rentra dans la cabine. Fouilla les trois mètres carré, se cogna sans cesse à tout. Du matériel de pêche, un compas, des jumelles de grossissement 7, munies d'amplificateurs de lumière, des gilets de sauvetage et des fusées de détresse... Planqué dans une boîte d'émerillons, il trouva un sachet de préservatifs, sérieusement entamé. Il sourit. Mais, bref, rien de vraiment parlant. En partant, il tomba sur un hameçon énorme, duquel partait un filin d'acier imposant. Il fourra la monture dans sa poche et alla prendre un café.

Sitôt la porte refermée, il glissa un billet dans le tronc, en forme de navire, de la SNSM, exhiba sa trouvaille et demanda :

– C'est pour attraper les cachalots, les trucs de cette taille ?

Ils sourirent et le plus jeune dit :

– Pas tant que ça. Faites voir... Oh, c'est pour le requin, ça.

– Trop gros pour la bonite, c'est sûr.

Gabriel le récupéra et interrogea :

– Et où on peut les attraper ?

– Un peu partout, lui répondit un autre. Vous en avez dans tous les coins...

– Mais en principe, c'est au Gouf qu'on va les prendre, dit le quatrième.

On lui expliqua ce qu'était le Gouf.

– Oui, c'est là qu'y'a les plus gros, confirma le chœur.

– Et il pouvait y aller le petit ?

– Eh oui..., dit le plus âgé, le moins méfiant.

– Tout juste parce qu'il n'avait que le côtier et...

– Le côtier ?

– Oui, dit le jeune. Venez voir la carte, vous allez comprendre.

Il saisit un compas, lui fit prendre un écart de cinq milles et expliqua, face à une carte de la côte :

– Voilà. Pour une puissance supérieure à six chevaux, il faut un permis de conduire. Seulement le petit n'avait pas le hauturier, seulement le côtier, qui ne vous permet qu'un éloignement de cinq milles d'un abri. Regardez la carte. Vous pouvez aller en cabotage de Fontarabie à Capbreton. Et là vous êtes un peu juste, mais ça passe.

– Eh bien, faudra bien le décrocher, ce permis... Quelqu'un a l'adresse de monsieur Gast ?

On la lui donna. Ils prirent le café sur fond de prises du siècle et de tempêtes.

Quand Gabriel sortit, le soleil cognait comme un condé sur un militant syndical. Une main s'abattit sur son épaule et une voix pouacre dit :

– Tiens tiens, ne serait-ce pas mon Lecouvreur à moi ? Toujours en activité sur les lieux des enquêtes les plus merdiques...

– Mon cher Vergeat. Comme moi, vous êtes en vacances ?

– Ah, ne te fous pas de ma gueule ! Avec ton passé éloquent et ton présent d'une sombre complexité, prendre des pseudo-vacances au pays basque, c'est de la pure provocation.

– Pas du tout, le jambon, la côte rocheuse, l'arrière-pays, Ramuntcho...

Vergeat le coupa :

– Le trafic d'armes, IK, ETA, sans compter l'affaire des cinq gamins...

– La piperade, la garbure, le salmis de

palombe... Non, vous voyez, le pays que je connais ne ressemble pas du tout au vôtre. C'est heureux, au reste, parce qu'on aurait pu s'y croiser. Allez, salut, Vergeat. Au fait, n'oubliez pas d'aller à la plage, le sable est couvert de filles qui s'adonnent aux seins nus.

***

– Je vous demande d'où sortent ces rapports ?

Pondichery et Samovar jettent un œil sur le papier réglementaire. Ils lisent. Ouvrent les yeux de stupeur, se grattent la tête.

Samovar dit :

– Je n'y comprends rien. Nous en avions parlé à plusieurs reprises.

Ce disant, il se curait les ongles, au mépris de toutes les règles de savoir-vivre. Il avait découvert, puis classé un lot d'emprunts russes des chemins de fer. Le problème était qu'ils se trouvaient dans une benne de la déchetterie... Il n'avait eu le temps de se laver que de façon sommaire et répandait, pour la grande joie de son entourage, une suave odeur de poubelle. Il continua :

– La balistique n'a jamais...

– Je sais ! coupa Patcharan.

– Je ne vois qu'une seule explication : quelqu'un a tapé ces conneries et a procédé à l'échange des documents officiels. Pondichery, allez d'urgence me chercher les doubles !

Mais l'inspecteur ne les trouva pas. Envolés. Quand les fenêtres sont trop longtemps ouvertes, le savoir s'envole… Samovar parla de l'IGS. Parce qu'il était certain que seul un flic avait pu faire le coup. Il se lança dans une grande démonstration de désespoir corporatiste, dans le style « le ver est dans le fruit ».

– Mais sur quoi allons-nous baser notre accusation ? Ces rapports sont officiels. Et croyez bien que nous les trouverons dans tous les services concernés ! Résultat : nous sommes dans une merde noire. Ce rapport conclut qu'ils se sont entre-tués sur un moment de folie, suite à une absorption trop forte de crack. Je rêve !

– Qu'est ce qu'il nous reste à faire ? se rongea Pondichery.

– Je n'en sais rien encore… À part fumer un cigare et boire un doigt de whisky.

Gabriel voyait là sa dernière chance. Les autres parents l'avaient éconduit, arguant du fait que la police ras le bol. Il est vrai que les chaussettes à clous étaient venues les questionner d'une étrange façon.

« Qu'est-ce qu'ils ont fait, vos gosses. Et pourquoi qu'ils étaient là ? » les transformaient en coupables potentiels. Ils en prirent pour leurs compte et grade…

Le vieux de Yannick ne ressemblait pas aux photos. En un mois, dix ans lui étaient tombés sur les épaules. Gabriel, la bouche un peu sèche, lui dit :

– Comprenez-moi bien, personne ne sait pourquoi ils ont été assassinés. Or, les crimes gratuits, cela n'existe que dans les mauvais polars. On a payé quelqu'un, un tueur, quelqu'un qui vous connaît, pour massacrer cinq gosses. Il faut que le jeu en vaille la chandelle, croyez-moi.

Le père haussa les épaules.

– C'est vrai qu'il y a un mois, il était revenu tout drôle d'une sortie de nuit. Remarquez, c'était sans doute la fatigue...

– Mais peut-être pas... C'était quel jour ? Vous vous souvenez ?

– Très bien, c'était le 7 juin... Ça fait un mois aujourd'hui... Il eut un hoquet mais tint bon. Il continua. On a pris le petit déjeuner ensemble, et il ne m'a rien dit. C'était pas son habitude mais six heures de veillée...

– Tenait-il un journal de bord ?

– Pour cette catégorie de navire, on n'est pas obligé. Mais il en avait un, oui. Pour plus tard, quand je ferai le tour du monde, qu'il me disait...

Sa grande carcasse trembla. Gabriel prit congé.

Il n'y avait ni papier, ni crayon et en aucun cas de journal de bord, dans la cabine du Ar Penn Kaled. Gabriel en était certain. De même qu'il était certain que la vieille pétoire allemande allait reprendre du service. L'archange déployait ses ailes, plein de fureur quand la voix de William Butler Yeats lui scanda :

« Il dormait sous la colline de Lugnagall ;
Il aurait pu enfin avoir la paix du sommeil
Sous cette froide cime au turban de nuée,
Maintenant que la terre l'avait pris tout entier,
Si les vers qui tournaient en vrille dans ses os... »

Il s'arrêta. Prit une grande bouffée d'air et descendit la rue au pas de charge.

***

Arlette sillonnait les rues, avec une ardeur de coureur de triathlon. Il fallait qu'elle trouve cet ami de Pedro, assez beau gosse et aux membres démesurés. Elle fit tous les bars, alla à la plage. Rien. Quel étourdi ! Ne pas lui avoir laissé une adresse ou un numéro de téléphone. Elle enrageait. En passant devant son coiffeur attitré, elle rentra dans son salon et les clientes assistèrent au spectacle d'une dame digne farfouillant dans toutes les piles de magazines et finalement, en embarquant un précis et roulé dans son sac. Le merlan dit :

– Ben, faut pas trop vous gêner, quand même !

— Dites donc vous, la coupe coûte cent cinquante francs et mon toubib m'en prend cent dix. C'est pas l'emprunt d'un hebdo qui va vous ruiner, non ? Plus cher qu'un docteur, vous ne vous en faites pas. De toute façon je vous le ramènerai, n'ayez aucune crainte, ce n'est pas pour le lire.

Sur ce point marqué avec facilité elle sortit, fatiguée, rentra chez elle et attendit une visite de Gabriel.

Blasé, le gomineur se lança, avec l'une de ses clientes, dans un dialogue qui portait sur la politique gouvernementale. C'était entrecoupé de mots à la mode. Élite, pour politique. Décideurs, pour patrons. Bref, du vent.

***

Georges Brouillard sortit de son appartement, grimpa les quelques marches qui menaient au parking. Il avait dans la tête un problème important, vu dans *Sud-Ouest Dimanche* : comment un joueur placé en Est avait pu annoncer et, qui plus est réussir, «un sans atout» avec un jeu d'une telle légèreté ? Il devrait attendre une semaine entière pour avoir sa réponse. La Jaguar Type E était là. Monstre endormi sur des jantes à rayons. Elle embaumait la force sûre d'elle-même, le cuir et le compte en banque respectable. Il délaissa, pour le moment, sa BX et son bridge et s'approcha, à pas de loup. Tout était magnifique, exaltant, d'un goût exquis. Il fit le tour de l'obus de luxe et remarqua un creux, pourtant, sur le pare-chocs avant. Il se dit que s'il possédait une telle voiture, il serait plus soigneux. Puis, un doute lui vint. Un piéton avait été renversé par une grosse voiture bizarre, selon les dires d'un témoin. Il hésita. Oui, la Type E répondait à ce signalement, c'était indéniable. Mais Georges n'avait pas le téléphone, n'emmerdait jamais ses voisins et surtout, n'avait pas le sens de la délation. Ce qui était tout à son honneur.

10

Samovar, Pondichery et Patcharan sortirent simultanément du stand de tir. Bien que n'étant pas des flinguophiles reconnus, ils se défendaient bien mais n'en tiraient aucune gloire. Or ce 9 juillet, les profils de tir étaient vierges. Pouvaient resservir le lendemain. Patcharan dit :

– Que ce ne soit pas le laboratoire de la police scientifique de Bordeaux qui ait fait les analyses, ça se conçoit. Mais Toulouse affirme n'avoir jamais eu ces pièces à examiner. Ça me paraît difficilement possible parce que si je compulse le livre des envois, nos services les ont bien expédiées. Il va falloir que l'on se mette tous d'accord.

– Il n'y a pas à en douter. Mais tous semblent

de bonne foi. Ce qui n'est pas impossible...
dit Samovar, en écartant les bras. Il poursuivit
son raisonnement : mais qu'en a-t-on fabriqué
par la suite, de ces pièces à conviction ? J'ai
dans l'idée que cet escamotage était mis en
place avant même l'exécution des gamins.
C'est du travail bien propre, vite exécuté, sans
la moindre faille dans sa mise en place.

Pondichery hocha la tête :

– Rien n'a été fait au hasard, c'est l'évidence. Aussi qu'est-ce qui reste, à nous mettre sous la dent ? Du 9 mm, calibre employé par toutes les armées et polices du monde. Certes, le nombre de cartouches semblerait démontrer qu'il s'agit de chargeurs de vingt-cinq, mais n'est-ce pas ce que l'assassin veut nous faire croire ? Et puis après... Bref, à part les cinq cadavres complètement hachés, on n'a rien, pas ça...

– C'est parfaitement exact, confirma Patcharan. Je vous charge donc d'aller me faire une enquête de moralité. Je sais que ça vous emmerde au plus haut point, mais nous n'avons pas le choix. Allez dans les magasins d'instruments de musique, dans les bistrots, chez les copains, les copines ! Nous devons tout savoir de ces oiseaux. J'ai dit tout ! Jusqu'à la couleur et au parfum des capotes qu'ils utilisaient. Je veux aussi que l'on retrouve la machine à écrire qui a servi à taper les faux rapports. J'ai la certitude qu'elle se trouve dans nos propres locaux ! Le premier collègue qui rouspète ou hausse un sourcil, vous me l'expédiez séance tenante ! Il regarda sa montre : bon, sur ce, je vous abandonne, le sous-préfet m'attend à Bayonne. Je veux un premier rapport dès ce soir. Foncez !

***

L'embarcation de Manzana était en cale sèche. En fait, posée sur le parking du port de plaisance. Et comme la place était payante, il avait hâte d'en finir. Ce n'est pas rien, de gratter, puis de repeindre une coque de cette taille. Et comme il appartenait à la classe des méticuleux, il s'y collait tous les ans, à la même date sauf s'il y avait de la louvine ou du calamar. En ce début de soirée, le temps se maintenait au beau, au chaud et le vent accélérait le séchage de la peinture. Le faux marin pêcheur pensait finir demain matin. En juillet, les jours sont longs, s'éternisent. Et il comptait bien profiter de toute la clarté déclinante. Vingt heures... Il se récita les programmes de télévision, sans un effort de mémoire et, comme il n'y avait rien de bien passionnant de programmé, il se dit que ralentir la cadence ripolinesque ne lui ferait pas de mal. Il descendit de l'échelle, ôta son masque de chirurgien et alluma un clope. En face, des cargos, méthaniers, minéraliers relevaient leurs étraves au fur et à mesure des déchargements. Les lignes de flottaison apparaissaient. «Certains auraient bien besoin d'un sablage et d'une bonne couche de peinture !» pensa-t-il. Mais les pavillons, chypriotes, philippins, panaméens, ne laissaient que peu d'espoir en ce qui concernait le bon entretien tant des hommes que du matériel.

À vingt mètres de là, un parc de voiliers d'occasion retenait l'ultime rayon de soleil. Rasant le goudron, tiède, chaleureux et rassurant. Manzana tira une bière de sa glacière, alluma une autre sèche. Là, près des coques rouges, blanches, bleu de Prusse, une voiture venait de se garer. Manzana poussa un petit sifflement. «Putain la bagnole, c'est pas un fauché, celui-ci !» Le «plein les poches» s'approcha du plus beau navire. Un ketch de dix mètres soixante de long et ventru, équipé en première catégorie. Très marin, ça se voyait. Du cuivre, du teck... Un bateau pour s'appuyer un tour du monde, le nez au vent et du bonheur plein les yeux...

«Ça y est, il m'a vu, marmonna le Picasso des bordées, il va me demander si c'est une bonne affaire, moi qui n'y connais que dalle, à la voile ; et sûrement l'heure d'ouverture du bureau des ventes.»

Le visiteur se dirigea vers le blaireau peinturluré. Une main glissée dans sa ceinture, et qui tenait un Pavloff F. 52, l'arme du tueur qui sait ! Pour bien faire, le chargeur était garni de balles italiennes, formellement interdites par la Convention de Genève parce qu'expansives : les redoutables Quadrup 11,43 mm. Même le réducteur de silence, de fabrication française, ne déviait pas le tir. Il n'avait aucune envie de faire place au hasard... Dès qu'il fut à deux mètres, Manzana lui demanda la marque de sa voiture.

– Jaguar Type E. Modèle 1972.

Puis, la moitié du ventre partit nourrir les anguilles... Quoiqu'il en soit, le marin du dimanche ne claqua pas en parfait idiot. C'est toujours ça.

***

Gabriel parcourut tout ce qu'il avait raflé comme documentation sur la côte. La certitude le tenaillait, que les gamins avaient vu quelque chose de précis lors de cette soirée de pêche.

«Mais quoi ? Qu'est-ce qu'on peut bien voir, qui vaille la mort de cinq gamins, à six cents mètres de la jetée. Et de nuit, qui plus est ! Quand on dégaze, c'est bien plus au large, il en va de même pour tout largage clandestin de matières diverses et variées. Globalement nocives.»

Les histoires d'empoisonnement lui revinrent à l'esprit. Les animaux intoxiqués... Et qui avaient tous, sans exception, mangé du poisson. Sûrement pêché dans le coin, parce que Gabriel ne voyait pas quelqu'un d'ici acheter, pour le plaisir de sa bestiole favorite, une sole concarnaise aux Halles de Bayonne... Deux possibilités s'offraient. Soit il retournait chez Arlette, soit il filait droit au port de plaisance. Estimant qu'on l'avait assez vu sur les pontons et comme sa montre indiquait vingt heures trente-quatre, il se décida pour La Terreur. Il abandonna tous les guides, dépliants, adresses sur sa table de nuit. Remit la lecture à des nuits plus noires. La moquette gommant le bruit de ses pas, Gabriel sortit de l'hôtel par la rue Tour de Sault, descendit vers les quais en pestant contre les flaques d'excréments de pigeons. Gabriel haïssait ces oiseaux. Lui qui rêvait d'un permis de chasse depuis que Chanel avait transformé un pauvre canari en Vanessa Paradis.

– Comment ils s'appellent vos chats ?
– Moumoune.
– Tous ?
– Tous ! J'ai soixante-quinze ans, j'ai des matous depuis que j'ai sept ans et tous se sont appelés Moumoune ! Y compris ceux des voisins !

Gabriel était prisonnier du canapé. Et de La Terreur. Il avait le clope à la main droite, la gauche débordait d'amuse-gueules et son verre arborait un faux col de belle dimension. Une sorte d'accord parfait, quoi. L'homme dans tout ce qui le distingue de la bête. Le temps de son installation ne s'était meublé que de banalités et Gabriel, qui avait compris le mode de fonctionnement de son hôtesse, laissait rouler. C'est rassurant, émouvant, l'échange des petits riens de la journée... Elle voulut parler de Pedro. Ça lui brûlait les lèvres. Mais dit qu'il n'aimait pas que l'on parle de ses exploits. «Il le fera lui-même, si l'envie lui en prend!». Gabriel saisit l'occasion, quand elle revint avec sa troisième bière, pour en venir en l'essentiel :

– Dites-moi, ces gens qui ont eu leurs animaux empoisonnés, vous en connaissez ?

– Je pense bien ! J'ai une voisine à qui c'est arrivé. Je la connais parce qu'elle milite avec moi à Amnesty International.

Avant qu'elle ne fasse l'historique de l'implantation de ce mouvement en France, il lui demanda si cette personne était capable de lui décrire les conditions précises de la tragédie.

L'amie en question, qui répondait au doux prénom de Françoise, était non seulement médecin mais aussi chrétienne. «Mais très bien quand même!» souligna Arlette, à la grande surprise de Gabriel. Et elle prit son téléphone en assurant :

– Tu verras, elle est vraiment très sympathique.

En l'attendant, Arlette sortit l'hebdomadaire d'un placard et, montrant la voiture à Gabriel, elle dit :

– C'est une voiture comme celle-là que j'ai vue partir en trombe, après la fusillade. Je n'y connais rien en caisse mais ce que je sais, c'est que ce n'est pas une R5.

Un coup de sonnette. Arlette cria :

– Entre, c'est ouvert.

En se tournant vers le Poulpe :

– Tu vas avoir un choc.

Elle devait avoir la trentaine, la classe sans ostentation, et une chevelure brune coupée très court. Il l'avait imaginée ayant le même âge qu'Arlette, alors, bien évidemment...

Ce pour quoi elle était venue fut expédié en cinq minutes. Le port de plaisance, le bout de poisson, l'agonie de la bestiole. «C'était insoutenable», précisa-t-elle. Comme tous les empoisonnements. Surtout ceux qui sont produits avec des doses très légèrement inférieures à la dose létale. Elle eut un frisson. Un ange passa, poursuivi par les forces de l'ordre. Enfin, se servant un verre de vin doux naturel, avec glaçon et zeste de citron, elle expliqua qu'elle s'ennuyait beaucoup depuis que son mari la délaissait. Ce disant, elle lança un regard tellement appuyé sur le seul homme de la pièce, que ce dernier se tassa de vingt-cinq centimètres. Son potard de mari jouait, hors service et pour le franc symbolique aux experts. En effet, les douanes avaient saisi un lot important de produits toxiques et faisaient appel à ses services pour en établir l'authenticité, ou la provenance.

– Ah bon ? s'étonna le Poulpe. Je savais qu'il existait des tas de trafics mais pas dans cette branche-là.

– Oh, s'exclama l'abandonnée, quand on a une idée des sommes que représente l'extraction minière dans le tiers-monde, on le conçoit aisément. Comme ses auditeurs ne saisissaient pas le rapport de cause à effet, elle s'expliqua. Pour l'heure, il est sur une affaire assez étrange. Quelque chose de plus que grave au sujet de… Enfin, si j'ai bien compris, il s'agirait d'un truc… J'ai la formule par là… Voilà du $H-C\equiv N$. Je sais seulement que l'on s'en sert beaucoup dans le cadre du traitement de minerais. Dans les pays sous-développés, les intoxications sont monnaie courante, parce que la dose fatale, pour l'homme est de cinq milligrammes et qu'on se garde bien de leur payer les équipements de protection adéquats. De plus il est extrêmement soluble dans l'eau. Alors quand les gens le laissent à même la terre, dès qu'il tombe la plus petite averse, la nappe phréatique est contaminée… Elle fit une pause. Un petit coup pour s'éclaircir la voix… On a ici une entreprise qui en fabrique et l'envoie à destination de l'Afrique, de l'Amérique du Sud, du Sud-Est asiatique. Je crois que

Oui, le laboratoire Etxeberty, qui serait impliqué... Mais je n'ai pas le droit d'en parler.

Plus elle parlait, plus elle buvait de Martini et plus elle devenait familière. À la grande gêne de Gabriel. Pas parce que le fait de coucher avec un jeune médecin le troublait, mais à cause des ricanements discrets d'Arlette. Aussi, lorsque Françoise se leva et disparut pour une raison quelconque, La Terreur lui chuchota.

– J'espère que tu n'as pas pris de rendez-vous pour le reste de ta soirée. C'est la toubib qui prend le plus à cœur le réconfort des malades, dans ce pays. Elle se donne corps et âme à la profession, tu n'en as pas la moindre idée...

Deux heures après, il vérifia le bien-fondé de ses dires. Il est vrai que, de réputation, le corps médical... Ça peut être une légende. Cependant, quand elle découvrit l'hôtel et qu'il lui montra la tour et son balcon, elle voulut faire l'amour, les mains en appui sur la rambarde. On ne conteste pas les ordonnances de la Faculté.

***

Vergeat laissait traîner ses oreilles partout. Ses guêtres, son alcoolisme et ses clopes de ringard avaient pour coutume de l'accompagner. On a les fréquentations qu'on peut... Bref, il faisait le flic. À force de cafés-rhums, de demis et d'Izarra, il en était arrivé à la conclusion que le Poulpe avait élu domicile dans le Petit Bayonne. À travers les bribes de conversations, il avait dressé un portrait du quartier : drogue, prostitution, bagarre, délinquance et squat. Tout n'était pas faux. Cependant, il avait oublié la donnée majeure de base : son allure de keuf. Et on ne les porte pas au pinacle, dans cet endroit-là...

Il attendit vingt-deux heures et, un tantinet éméché, il partit pour l'aventure, le nez au vent, cravaté et encostardé de neuf. Il franchit le pont Pannecau, indifférent aux grappes de zonards qui roulaient des pétards gros comme ceux d'un champion de France toutes catégories confondues... Et, une fois sur l'épine dorsale de ce pâté de maisons que les gens d'ici appellent le Bronx, il décida de rayonner dans le quartier. Avec calme et méthode.

Pas l'ombre d'un tentacule. Il fallait pourtant qu'il soit là. Plus l'heure avançait et plus il était obligé de faire d'écarts pour éviter les galettes encore tièdes de fêtards sans retenue. Il écrasa deux ou trois étrons canins. Évita quelques lancés de verres et de la musique rock. Il n'en avait cure. Plus il conduisait son dur apostolat et plus son ventre devenait lourd et son entendement sous-marin. Il approchait de l'Église Saint-André. La plus monstrueuse saloperie jamais édifiée. Dans le style «Jésus-Christ nous voici !». Un peu fatigué, il constata qu'il était presque une heure du matin et que sa vessie était gonflée comme un ballon de foot.

Il compissa largement les murs de l'édifice sacré. C'est alors que :
– Ben, mon p'tit pépère... On n'a plus de religion ?

Il ne pouvait pas se retourner. On a déjà l'air con de dos, dans ces cas-là ; de face, c'est entre le grotesque et l'affligeant. Il reçut une bourrade, se prit les pierres dans le nez. Enfin, il lâcha son machin et se retourna. Des punks. Trois. Merde ! Il prit une grosse mandale pendant qu'un autre lui empoignait les couilles en les vrillant. Un coup sur le haut du crâne. Il perdit connaissance.

Il émergea. À poil, sa petite quéquette grise et annelée en berne. Tout avait disparu. Ses fringues, son portefeuille, ses menottes, sa matraque télescopique. Vergeat se releva avec un mal sourd et tenace au fondement. Il ne se souvenait pourtant d'aucun coup dans cette région-ci. Le brave RG porta la main à ses fesses. Il enleva ce qui lui obstruait l'anus... Et sourit. Tout n'était pas perdu, il venait de retrouver sa carte de police.

11

Huit heures du matin et le soleil cognait comme une balle en caoutchouc sur le visage d'un écologiste. Impossible de rester au lit. Gabriel se leva avec ce bien-être léger et cette énergie volontaire que donne le soleil matinal du sud. Il se rasa, prit une douche et vêtu d'un jean et d'un tee-shirt léger, prit la direction du marché.

Certains commerçants lui rappelaient ceux de son enfance. Deux poules à vendre ou un petit panier d'œufs. Plus loin, sur le pont Pannecau, des maraîchers présentaient, qui une botte de poireaux, qui trois salades, sous un bouquet de fleurs sauvages, à vendre pour trois francs six sous. Le petit peuple, les sans-grade et sans-nom. Gabriel leur vouait une grande tendresse et cette présence, dans cette matinée estivale, l'émut. Aussitôt, Yeats prit place dans la ronde :

« Je les ai rencontrés à la tombée du jour
Hommes de comptoir, hommes de bureau
Qui marchaient le visage enflammé
Entre nos maisons grises du XVIIIème siècle.
Je les ai salués en passant de la tête
Parfois de quelques mots anodins et polis,
Et je me suis attardé pour leur dire
Quelques mots anodins et polis ».

Bouleversé par ces vers, il s'égara sous les halles, s'arrêta devant un mini-vivier où s'ébattaient homards, langoustes et tourteaux. Il prit une bière en terrasse, au centre des rires et des cris. Des marchandages et des senteurs. Et, ayant fait le plein d'images chaudes et éclatantes, il descendit la Nive, passa le pont Mayou, arpenta l'interminable ruban de goudron jeté au-dessus de l'Adour, et pénétra dans Saint-Esprit, le petit quartier juif, plein de passages, d'escaliers qui sautent sur des arrière-cours ou des jardins. Des impasses qui n'en finissent pas. En partie goudronnées, en partie envahies d'herbes folles. À moitié de la rue Maubec, la synagogue, en retrait, presque honteuse, loin derrière une haute grille. Et puis la gare. Avec ses deux tatoueurs en vis-à-vis, ses bars à bidasses, à habitués. Avec ses piliers. Gabriel se renseigna sur les horaires de bus. Un partait pour Capbreton dans la demi-heure. Il flâna sur les bords du fleuve, tomba sur la Bourse du Travail derrière laquelle s'attachait l'ancien concessionnaire Ferrari-Jaguar. Plus loin, en aval. À des kilomètres, on voyait le port de commerce. Bien loin, très loin du centre-ville, pour éviter que les filles de Bayonne ne tombent amoureuses des beaux marins. Sa montre était formelle et Gabriel se retrouva dans un autocar venté en direction des Landes.

Il arpentait le chenal en lisant le dépliant du syndicat d'initiative. Il apprit que le lac d'Hossegor (les snobs prononcent «oss'gore!») était une survivance de l'Adour, du temps où elle sortait ici. Et que le Gouf («enfin lui!» se dit-il) n'était autre que le déversoir dudit fleuve.

Profondeur abyssale, refuge des navires en cas de tempête.

Les pêcheurs à la ligne se rapprochaient, suant sous les chapeaux de paille, les quais se peuplaient d'amoureux qui suçaient des cornets de glace. Des gamins se penchaient sur les étals de poissonniers lesquels tapaient, à l'aide de gants de vaisselle, sur les mains des curieux qui, ignorant, voulaient toucher les vives encore frétillantes. Quatre marches et il fut sur l'estaque en bois, qui menait au phare, distant de cent cinquante mètres des plages. Les madriers étaient blanchis de saumure et de sable. Du goudron perlait de chaque veine. Il était midi et, comme il est fréquent par ici, le soleil perçait la peau comme une balle de Manuhrin celle d'un indépendantiste basque. Les paniers d'osier se garnissaient de daurades, de bars et de soles. Sur les blocs de ciment, des gamins taquinaient des crabes, dans une eau transparente qui leur arrivait aux mollets et qui faisait que le goémon caressait mollement les chevilles. Gabriel mima le touriste, bien que cela le fît profondément chier. Se pencher sur des poissons agonisants, courir dès qu'un sillon se courbe et qu'un crin se tend... Pour quoi faire ? Un type sortit un beau carrelet, le décrocha en roulant des mécaniques. Devant une foule admirative de l'exploit, le Poulpe dit :

– Attrappez-en un de plus et ça vous fera

une chouette paire de raquettes de ping-pong !

Deux adolescentes se gondolèrent de rire. Les autres lui firent de pauvres yeux. Façon cocker.

Un vent de terre formait la mer et en bout de jetée, les embruns frappaient sec. Comme une matraque sur la tête d'un autonomiste breton. Cependant, assez loin mais tellement inattendue que remarquable, une langue de mer foncée s'étalait, comme si un pétrolier avait filé de l'huile. Un gars, brûle-gueule serré par des dents jaunies, visage raviné, regardait le large. Gabriel essaya d'atténuer son côté touriste, enleva ses lunettes de soleil et dit, en désignant l'eau plane et plate :

– C'est bien le Gouf que vous avez, en dessous ?

– Pour sûr mon gars. C'est pour ça qu'y a les chalutiers.

– Comme il n'y a pas de fond, les vagues ne se forment pas, hein, c'est bien ça ?

– Ouais ! Ils attendent que ça se tasse un peu et pis vont rentrer. Ils lancent aussi des filets, parce que le poisson, l'aime pas non plus, quand ça remue de trop. Ben pardi !

Gabriel se rendit compte que l'indigène le dévisageait et voulait le garder en mémoire. Aussitôt, il lui fallait redevenir invisible. Ou presque.

– Je me renseigne, je ne suis pas d'ici.

– Ben avec l'accent que tu t'traînes, t'avais

pas bien besoin de m'le dire. Et qu'est-ce tu veux savoir d'autre ?

– Il y a des gros bateaux qui viennent se réfugier ici, en cas de gros temps ?

– Non. Soit ils ne s'arrêtent pas du tout, soit ils sont déjà trop au large, même quand ils arrivent de Bayonne. En général, d'ailleurs, t'as les deux cas de figure... Et de toute façon, il n'y a pas assez de fond, pour les grosses unités, faut aller à Bayonne. Et dis pas «bateau», ça porte le malheur !

– C'est promis. On m'a dit que la fosse était un repaire à requins et que certains...

– C'est des couillons ! Un requin, ça s'défend pas et c'est pas mangeable. La viande est bourrée de toxines. Et en plus, avec la pollution !

– Ah bon ! Et c'est plus important que pour les autres ?

– Ben, assez. Il concentre toutes les saloperies. Ceux qu'il mange ont avalé des vacheries avant lui, quoi. Alors forcément, c'est lui qui tient le rôle de poubelle finale, en quelque sorte... Bref, à part en faire des bracelets pour montres, t'en fais que dalle, d'ta bestiole.

* * *

Gaufres, crêpes, glaces, beignets. Sur le front de mer s'étalait une rotonde qui ne comportait que des sortes de petits restaurants aux spécialités sucrées. Les terrasses étaient envahies de sable, dans le dos des affamés des bains de mer, les boules de pétanque claquaient. Les gens étaient détendus, maillots de bain et bronzage au miel. Gabriel se dit que rien ne pouvait sentir plus le farniente, les vacances. Pour se joindre à la fête, il commanda une rousse.

Sur le coup de quatorze heures, la galerie se vida. Certains partaient à la sieste, d'autres se dorer au soleil, à la recherche de la couleur qui les tomberait toutes. Quelques personnes s'attardaient devant des vitrines d'horreurs. Les bistrotiers s'activaient sur les éponges et les tables. De quoi gagner une heure de surf, de nage, de goudron entre les orteils.

Au sud, une langue de terre se détachait, au bout, c'était Fontarabie. Déjà de l'autre côté. La Rune ressemblait à un tremplin. Le reste disparaissait dans une brume de chaleur. Gabriel se plaça en terrasse du seul bistrot qui avait pleine vue sur l'océan. Un gars vint prendre la commande, dans un coin, une petite l'interrogeait du regard, un tantinet exaspérée. Une fois le demi calé sur la table, Gabriel régla et dit au serveur :

— Je bois cul sec et pars aussitôt si tu réponds à deux ou trois questions. Ça te va comme marché ?

Le gamin dévisageait le type aux bras surdimensionnés, et se transforma en point d'interrogation. La peur du flic. Et comme la gamine lui désignait sa montre en sautillant sur

place, il acquiesça, pour en finir le plus vite possible :
— Bon. Il y a un mois, tu étais de service en soirée ?
— Ben... Oui, on a ouvert...

Il compte sur ses doigts en regardant ses pieds.
— Oui, j'y étais...
— Et est-ce que tu regardes souvent vers le large ?

Il lâcha prise. Fit un pas en arrière, pensant avoir affaire à un cinglé. Mais comme la poupée estivale faisait mine de partir, il s'empressa de dire :
— Pendant le travail, non. Mais après oui, je me promène sur la plage...
— Le 5 juin au soir, est-ce que tu as remarqué quelque chose d'anormal ? Quelque chose qui a retenu ton attention ?
— Oui.
— Sûr de toi ?
— Je veux oui ! C'est le soir que j'ai connu Sandra.
— C'était quoi, ce machin inhabituel ?
— Attendez, je lui dis de venir et on continue la discussion, d'accord ?
— File ! Mais reviens vite, on en a quasiment fini.

Il y part en courant, explications, chaudes d'abord, puis la tension retombe. Ils reviennent. La petite n'est pas si gamine que ça. Et si elle fait semblant d'en être une, pour être crédible il faudra qu'elle gomme la lueur coquine qui gambade dans ses yeux. Elle a tiré ses cheveux châtains, ce qui met en valeur, dans un ovale parfait, ses taches de rousseur et ses yeux verts. Elle déborde de sensualité, ça frise le détournement de ce que l'on voudra. De ses espadrilles à l'élastique de ses cheveux, tout séduit, tout est là pour provoquer de l'émotion. Et le fait que, sous son tee-shirt à manches amples elle ne porte pas de soutien-gorge, attise les turgescences. Gabriel garde son sang-froid. Et s'admire quand, sans même bégayer, il demande :

— Essaye de m'en dire plus, sur cette soirée... Qu'est-ce qui a éveillé la curiosité des gens, ce soir-là ? je veux dire.

— Ben, vers une heure du mat des pêcheurs sont venus. Ils disaient qu'avec ce connard, ils ne prendraient plus rien. Au début j'ai pas fait attention mais ils m'ont dit qu'y'avait un gros bateau, juste au-dessus du Gouf.

— Comment ils savaient que c'était pour ça, que le poisson ne mordait plus ?

— Ils ont affirmé qu'il larguait quelque chose. Mais d'autres accusaient un reste de pleine lune, d'autres le coefficient de marée. Mais ce qui est certain, c'est que deux heures plus tard, le cargo a allumé ses feux et a remis le cap au large...

— Deux heures, t'es affirmatif ?

C'est Sandra qui répond :
— On était aux premières loges. Mais pourquoi vous ?...
— Une affaire qui sent la mort et un tas d'odeurs pas vraiment plus agréables. À votre place, je ne ferais pas trop de publicité à notre discussion.

Gabriel éclusa sa chope, leur laissa de quoi acheter des préservatifs fantaisie et tout en pensant que cette fille avait un goût exécrable, question petits amis, se dirigea vers un arrêt de bus.

12

Samovar regardait la 403 de Pondichery avec dégoût. Il dit :
— Tu sais que mes arrière-grands-parents avaient une Rolls ?
— Le mieux, c'est que tu leur passes un coup de fil pour leur demander de te la prêter, si tu veux pas grimper dans la mienne !

Samovar devint rouge écarlate. Ce qui, le concernant, était vraiment hors sujet...
— Tu n'as jamais entendu parler de la Révolution d'octobre 1917 ?
— Hein ? Ah, oui, bien sûr. Ben t'as qu'à écrire à Eltsine de te la rendre, ou de te dédommager... Mais tu as aussi une deuxième possibilité : demander aux descendants des serfs, ceux que ta famille a saignés pendant des

siècles et des siècles, de se cotiser pour t'en racheter une. Ceci dit, tu me fais pas chier ! Tu montes ou tu vas à pied !

Samovar pénètre dans le carrosse Peugeot. Nez pincé. Pondichery enfonce le clou. Il extrait du vide-poches un insigne de capot représentant le lion sochalien. Pièce achetée à prix d'or dans une bourse d'ancêtres. Il la montre au Blanc de Blanc et dit :

– Et tes vioques, ils en avaient, un truc pareil sur leur kakugne ?

Il enfonce une cassette des Sex Pistols, *God Save The Queen*, enclenche la première pendant que le Russe se bouche les oreilles. Direction le laboratoire de la police scientifique.

Le responsable des services ressemble au résultat d'un accouplement entre Einstein à l'âge où il tire la langue, et un grand requin blanc. Irrésistible. Quand il se fout à la flotte, tout le monde se carapate en direction du sable, façon « in sharks, we trust ! ». Mais aujourd'hui, le squale a les dents limées. C'est une carpe ! Encore moins, un barbeau.

Il taquine un bic réglementaire et raconte :

– Nous n'étions pas suffisamment équipés pour ce genre d'analyses. Après avoir fait les constatations préliminaires, j'ai demandé à ce que les pièces soient envoyées soit à Toulouse, soit à Bordeaux. Ce dernier étant surchargé, Toulouse a accepté de s'en occuper.

Mais celles qui sont arrivées là-bas ne correspondaient en rien à ce que nous avions empaqueté. Ni les balles, ni les douilles, ni les relevés, ni... Bref, rien de rien !

– Mais comment cela peut-il arriver, un truc aussi dingue ? Et d'abord, qui était chargé du transport ? s'énerve Pondichery.

– Oh, un gars au-dessus de tout soupçon. L'inspecteur Pommard, mon gendre.

Un silence se fait. Le requin poursuit :

– Pour le reste, les pièces ont disparu et ont été remplacées par d'autres, prélevées dans le dossier d'une affaire en cours. Si je vous dis laquelle... Il sort un mouchoir format Cristo et dit : le dossier concernait les assassinats du GAL pour l'année 1984.

Le cadavre d'un ange, celui que les forces de l'ordre poursuivaient, passe.

Samovar émet un petit sifflement. Pondichery pense à la cuite qu'une histoire pareille va nécessiter, pour se faire oublier. Et il laisse tomber son approche personnelle du problème :

– On n'est pas dans la merde, tiens !

Le directeur squale, qui est dans son service et sur ses terres, tient à avoir le dernier mot :

– Il y a une brebis galeuse dans nos services.

Samovar, lui, pensa qu'on allait lui appliquer cent coups de knout.

* * *

Il avait rendez-vous à vingt-trois heures, rive droite, aux vastes entrepôts désaffectés qui pourrissent, s'écroulent, voient leurs rails rouiller dans l'herbe folle et les bittes, portant encore leurs chaînes à manille, perdent du poids avec l'érosion saline. Le sable se charge de gommer ces blockhaus faméliques. La pluie acide les rogne jusqu'aux armatures de ferraille. Lugubre, sinistre, comme une ode au capitalisme triomphant, quoi.

Il soupira. Les temps étaient durs. La concurrence sévère, à une époque où un ministre se faisait dessouder pour cinquante mille francs, où le milieu touchait vingt mille pour chaque scalp de Basque. Le chômage avait créé des vocations. Tardives, qui faisaient du travail bâclé... Mais quand on ne vit que de cela... Heureusement il restait des maisons prestigieuses qui n'hésitaient pas à faire appel à ses services. Des chefs d'entreprise, des responsables politiques, des gens qui sont quelqu'un. Qui ont le respect et l'amour de la belle ouvrage. Il songea que pour qu'on ait fait appel à lui, les enjeux devaient être conséquents. C'était la première fois, depuis qu'il était entré dans la carrière parce que ses aînés n'y étaient plus, qu'il se posait ce genre de questions. Il en conclut qu'il avait pris du bide et, ce soir-là, songea sérieusement à sa retraite. Une belle nuit. Tiède, lumineuse. On percevait le brouhaha des vagues. Sur les quelques pins faméliques par overdose de soufre, quelques cigales poussaient une dernière trille. Il était planqué dans une sorte de sac, formé par un amoncellement de poutrelles tordues, de palettes désossées et de sacs de ciment éventrés et solidifiés par de nombreuses averses. Une voiture se pointa, en veilleuse, hésita. Puis elle se décida, comme si elle glissait, à se demander si le moteur tournait. Quand elle vit la Jaguar, elle mit ses feux de route et se rangea le long du véhicule, lequel lui rendait deux bons mètres. Puis ils repartirent, sans plus de précaution, poussant les rapports, éclairant à tout-va. Il poussa un soupir qu'il fit suivre d'un juron. La mallette était posée sur le siège du passager. Il alluma une cigarette et l'ouvrit. Il feuilleta les liasses, à vue de nez, le compte était bon. Le cœur léger, il se dit que son séjour touchait à sa fin. Sur les bords du Léman, il fait moins chaud mais l'air y est plus sain et le secret bancaire irréprochable. Il envoya les gaz, à la Barre vit un barrage de flics se mettre en place. Il ricana. La côte se déroulait, avec ses odeurs de forêt, d'ajonc et de sable. Il accéléra pour arriver aux premiers rochers. Pour lui, la mer n'avait de saveur que si elle rencontrait la picrre, faisait croître des algues. Il se gara sur le parking de la mini-résidence et comme le vent se levait et l'horizon s'épaississait, il entreprit de recapoter. Il posa l'oseille sur le coffre et, sans lumière pour éviter d'attirer l'attention, il se mit à l'ouvrage. En principe, cela ne prend jamais plus de trois minutes, mais avec le vent qui s'engouffrait dans le cuir et l'obscurité qui tournait encre de Chine, il traînait en longueur. Il finit en soufflant de soulagement. Il mit la main sur la dragonne et sentit quelque chose de froid, circulaire et surmonté d'un picot d'acier se planter dans son cou.

– Tu ne bouges surtout pas.

On ne moufte pas quand on est millionnaire. On a des trucs à perdre. Faut être prudent. Une fois la surprise passée, il envisagea un nombre X d'entourloupes mais avant qu'il ait pu en réaliser une seule, il sentit ses jambes se dérober, il se pencha en arrière, pour compenser cette perte d'équilibre. Quelque chose le coinça au milieu du dos. «Celui-ci sait se battre» pensa-t-il. Son menton heurta dans un bruit sourd la poignée de porte, puis le sol. Dès qu'il fut le nez dans la terre, il reçut un violent coup de pied dans les roubignoles. Il vomit un peu, puis comme rien ne venait, se retourna, un revolver calibre 38 à la main. Personne. Il fouilla des yeux les massifs d'hortensia, l'ombre des tamaris. Rien. Sauf cette envie de pisser qui accompagne la réception d'un coup bas. L'arme collée sur la couture du pantalon, il chercha son pèze, le trouva là où il l'avait laissé. La pluie commençait à tomber. Malgré cela, il voulut vérifier que tout était en place. Il souleva le couvercle, posa son flingue sur la tôle et alluma son Zippo. Le fric était bien là. Soulagé, il referma l'attaché-case et prit un coup sur la tempe. Il pensa que son flingue était resté sur sa voiture. Une voix lui dit :

— Tu m'as donné la preuve dont j'avais besoin.

— ...

— Une balle par gosse annonça Gabriel.

L'Anglais ferma les yeux. Le Poulpe pensa qu'à part tuer des Républicains irlandais pendant leur sommeil, les brits[1] n'étaient bons à rien. Il tira la première cartouche. Puis jugea inutile de gaspiller les munitions et surtout d'alerter le voisinage. Le Poulpe souhaitait que la terre boive suffisamment de sang et que l'orage finisse de faire place nette. Il fouilla cette perche blondasse et cagneuse, piqua papiers et clefs de contact. Un peu écœuré, il le tira jusqu'à la falaise. Cela lui coûta, parce que cette racaille faite d'os et mâchoires pèse, somme toute, assez lourd. Le sujet britannique effectua un gracieux plongeon et se mit à voguer vers les Landes. Le cœur léger et sous une pluie battante, il monta dans la Jaguar et se félicita d'avoir laissé le propriétaire originel mettre la capote en place. Tout en pilotant le bolide, il pensa à

---

[1] Surnom péjoratif donné aux soldats britanniques en Irlande du Nord.

Yeats, qui avait utilisé l'histoire passée et les légendes d'Irlande pour conduire le peuple à une prise de conscience de sa propre valeur. En 1903, déjà, il écrit :

*« Les vieilles épines noires craquent là-haut sur Cummen Strand,
Dans l'âpre et sombre vent qui souffle à sénestre ;
Notre courage craque comme un vieil arbre dans le vent noir et meurt,
Mais nous gardons cachée dans nos cœurs la flamme du regard
De Cathleen*[1], *la fille de Houlihan. »*

Il se gara dans le parking souterrain de l'hôtel, à la lueur du plafonnier, il compta les liasses. Se dit qu'avec cela, il allait pouvoir acheter bien des pièces pour son Polikarpov et aussi alimenter son trésor de guerre.

***

La Mamounia embaumait la semoule et la variété exubérante des préparations de viandes. Ça sentait le Maroc, jusque dans les cendriers et la décoration, les meubles n'étaient pas «Made in Taïwan». Gabriel repéra aussitôt la plus jolie des serveuses. Elle n'avait pas cette beauté évidente, agressive et qui saute aux

---

[1] Personnage féminin qui symbolise l'Irlande.

yeux. Qui fait se retourner une salle et se taire un témoin de Jéhovah. Non, une beauté peu accessible, qui s'excuse et fait tout pour passer inaperçue mais qui fait se dresser les cheveux sur la tête et procure une sensation de froid parce que l'on se vide de son sang. Pour l'heure, le restaurant était aussi vide qu'un discours officiel sur le risque nucléaire. Pas d'indiscrétion à craindre parce qu'Arlette avait tendance à prendre les gens à partie. Et pour le couscous, on les avait prévenus qu'il faudrait attendre un peu. Gabriel jetait des regards aussi discrets que possible sur la petite Marocaine. Arlette dit :

— Tu as froid ? Tu trembles comme une feuille.

— Ha non, c'est pas le froid.

— J'ai compris, c'est la gamine du comptoir. T'as bien raison parce que c'est la plus belle. Puis, elle enchaîna : tu vois comme c'est bizarre, ils ont une carte inimaginable et chaque fois que je viens, je prends toujours un couscous.

On leur apporta un Gris de Boulaouane. Arlette le goûta. Frais comme il le fallait. Gabriel se rabattit sur une Adelscot. Ils parlèrent de tout. De rien. Politique parfois et Arlette lui fit un résumé du *Canard Enchaîné* de la veille. Puis, à la sixième bière et au troisième tour de graines de semoule, de brochettes et de gîte, il parla de son Polikarpov. Qui lui manquait. Oh bien sûr, Raymond s'en occupait bien. Mais il ne l'aimait pas comme lui l'aimait. Il demanda à son invitée si elle connaissait des rescapés de la Guerre Civile qui pourrait lui donner des tuyaux sur des carcasses, les emplacements des aérodromes...

– Moi je n'en connais pas, personnellement. Mais Claude Lachapelle, et ne te moque surtout pas de lui, parce que ce n'est pas drôle, doit connaître. Je mange avec lui demain, je lui demanderai une adresse. Alors, au fait, où en es-tu, de tes petites affaires et as-tu des nouvelles de Pedro ?

– Jamais. J'évite toujours de l'appeler quand je travaille. Ça me déconcentre et pour le peu que je téléphone à ma compagne, je ne finis plus rien...

– Bon, Claude saura, pour tes affaires, il donnait des conférences clandestines, avec ses copains socialos, allait dans des réunions syndicales interdites. Bref, il était très militant, tu vois, très impliqué... Il était trop jeune pour y participer, à la Guerre Civile, mais il doit bien se souvenir des événements et si lui ne sait pas où tu peux trouver tes machins, là, il aura un copain qui pourra te filer un tuyau. C'est un quoi, au juste, tu dis ?

– Un Polikarpov, un avion de soutien. Je cherche l'hélice.

– Oh, va pas si vite, laisse-moi le temps d'attraper un papier et un stylo, que je marque tout ça.

– Bon ! Sinon, je ne vais plus trop traîner dans le coin. J'ai encore deux ou trop choses à vérifier ou à régler et je remonte.

– Ben tu passeras me voir avant de partir, et puis tu donneras le bonjour à cette fripouille d'imprimeur.

***

Vergeat s'était bien remis de sa mésaventure. Il quitta le service de traumatologie, le visage à peine marqué, frais et dispos, ragaillardi par quelques jours de repos bien mérité. D'autres auraient délégué, certains renoncé, d'aucuns auraient changé de tactique. Mais on ne naît pas Vergeat pour rien. Il passa à son hôtel, s'habilla «cool et décontracté». Très «y'a aussi des jeunes qui sont dans la police». Mais cette fois-ci, il préféra le jour, pour mener à bien ses investigations. Ses collègues bayonnais l'avaient prévenu. La première fois, c'était de la chance. La seconde fois… Une bonne étoile, faut pas en abuser. Il leur dit que dès qu'il aurait mis la main sur ce Gabriel Lecouvreur, tout rentrerait dans l'ordre. Et que Lecouvreur par ci et que Lecouvreur par là. Ils en avaient jusqu'à la racine des cheveux du Lecouvreur… L'imaginaient comme une sorte de synthèse entre Louise Michel et Jacques Mesrine. Ils en conclurent que Vergeat était un peu givré, qu'il faisait une fixette et l'appelèrent Juve, qui comme lui, voyait toujours le même, partout et tout le temps.

Les rues avaient un aspect de zone sinistrée. Qui transpirait la misère, la lassitude. Les portes étaient toutes fermées ou défoncées, rideaux de fer soulevés, parfois arrachés. Sous des arcades, de longues traînées d'urine aboutissaient à des petites flaques. Des poubelles entassées suintaient des sucs plus que suspects. Des mégots de joint, des canettes de bière. Un Lavomatic... Plus les rues étaient petites, étroites, sales, en un mot coupe-gorge et plus il y voyait l'amphore recélant le Poulpe. Une fois de plus, il ne fit pas attention aux murs. Certes, il ne lisait pas le basque mais certaines affiches étaient bi, voire trilingues. Sans compter les photos qui venaient appuyer le texte et qui, elles se passaient fort bien de commentaires. De même, les graffitis. Autant de signaux d'alarme qu'il ne vit pas. Vergeat trouva qu'à l'heure de l'apéritif, les bistrots étaient bien vides... Il en dégota un, petit et bien peuplé. Il négligea les drapeaux qui tendaient les murs et entra. Une dizaine de personnes buvaient dans des verres larges et peu élevés. Il demanda une bière, puis, voyant le serveur seul, il s'approcha et, discrètement, lui présenta sa carte de fonction et une photo de Gabriel. L'autre regarda l'ensemble attentivement, dit quelque chose dans une langue dont l'origine échappait à notre flic. Une averse de gnons l'envoya dans les pommes.

Il était sur une place. Il entendait des bruits de galopades, des éclats de rire. Puis des mains l'agrippèrent. Il fut debout. Sa tête se mit à tourner. Il entendit ·
– Vite, faut pas traîner ici ou on va se faire massacrer. Il sentit qu'on le portait vivement, puis il entra en contact avec une banquette et le véhicule démarra. Il entendit des coups sur la carrosserie, puis un bruit de verre qui explose. Il ouvrit les yeux, remarqua qu'il était à poil entre ses collègues. Ils fonçaient sous une avalanche de projectiles. Vergeat serra les miches et ne sourit pas. Il avait définitivement perdu sa carte professionnelle.

13

Les locaux de la célèbre assurance étaient discrets et de bon goût. Quand on porte un nom pareil, cela fait longtemps que l'époque de la racole, du tape-à-l'œil est révolue. Les serrures s'effacèrent rapidement, le système d'alarme, de type Sécuritor aurait fait hurler de rire même une princesse de Monaco. Il alla de bureau en bureau. La lumière douce de la rue baignait les murs, laissant dans l'ombre tout ce qui se trouvait au-dessous du genou. L'ordinateur fonctionnait en permanence et des kilomètres de fax tombaient dans un carton. Il approcha une chaise et pénétra dans le fichier de la Lloyd. Se bloqua sur le début du mois de juin. Au bout d'une heure, il en eut marre et essaya de trouver la liste des navires qui croisaient dans le golfe de Gascogne le 13. Il y en avait une vingtaine. Il nota les noms et se renseigna sur les provenances et les cargaisons. Gabriel trembla quand il comprit pourquoi les gamins avaient été envoyés *ad patres*. Un chargement de minerai de fer, en provenance d'Afrique du Sud. Gabriel imagina les fûts à tête de mort... Du cyanure d'hydrogène à retraiter par tonnes...

Le marché de dupes habituel. Classique dans nos échanges commerciaux avec le tiers-monde. On achetait leur minerai à vil prix et on leur fournissait les produits destinés à les traiter, dans le même élan. Une fois l'opération effectuée, ils nous redonnent ce cyanure afin de le purifier à nouveau. C'était la seule explication plausible à la présence, sur le navire, des deux produits. Le Poulpe imaginait qu'on leur facturait la plaisanterie à un prix qui ridiculisait celui du caviar.

Après on clamait partout qu'on les aidait. Allons donc ! Les œufs restaient dans le même panier. Et l'artiche sur le même compte suisse. Gabriel hochait la tête. Ses yeux, rivés à l'écran, devenaient douloureux.

« Ils ne sont pas sortis de l'auberge, les Noirs

de la Sud-Afrique» pensa-t-il. Il reprit ses méditations : le problème avec ce chargement, c'est que la règle du jeu avait été transgressée. Et pour des raisons évidentes.

Par soucis d'économie, on balançait par-dessus bord. Ben dame, c'était tellement plus facile et bien moins onéreux. Moins cher que la mort de cinq gamins, la pollution d'un océan...

Il quitta l'ordinateur. Les locaux sentaient le neuf, la colle à moquette et la peinture fraîche. Personne ne semblait faire attention à la lueur bleutée, diffuse qui passait entre les lamelles des stores. Il ne restait plus que deux ou trois détails à expédier. Mais dans l'ensemble, l'édifice tenait bon. Les pieds coulés dans le béton. Les fondations percées de ferrailles...

Claude Lachappelle ne s'habillait pas vraiment. Un pantalon de toile lui descendait à mi-fesse, son polo Lacoste devait dater de la première victoire, en catégorie benjamin, de son illustre créateur. Des espadrilles, qui avaient appartenu à Pierre Loti quand il écrivait *Ramuntcho* essayaient de se rassembler autour de ses pieds. Gabriel tenta de ne pas glisser sur le tapis de balles de golf qui jonchait le carrelage. Des teckels bondirent de derrière une pile de bouquins et attaquèrent un concours de grandes gueules. Claude leur dit de la fermer. Sans qu'aucune modification sensible de leur comportement ne soit perceptible.

– Alors comme ça, c'est cette vieille chouette d'Arlette qui t'envoie. Ah la salope, elle m'enverra jamais des filles, tiens !

Le Poulpe se ressaisit. Après tout, il était prévenu. La Terreur l'avait mis en garde.

– Alors comme ça, tu retapes un Polikarpov. Putain de moine, si j'avais su qu'il en existait encore... Je vais te filer un tuyau, n'aie pas peur... Mais je pose une condition, tu m'envoies une photo. Et quand il sera près à revoler, préviens-moi, je monterai à Paris me jeter un canon en ta compagnie.

En prévision de ce jour faste, il se versa un verre de rouge, dans lequel il ajouta de l'eau de Vichy et s'envoya cul sec cette abomination. Puis, il prit un air sérieux et dit :

– Je vais te dire ce qui s'est passé ici, juste derrière la colline, là-bas, histoire que tu comprennes bien la chance que tu as. L'aviation républicaine totalisait, au début de la guerre, une trentaine d'avions. Tous regroupés au centre de l'Espagne. Par conséquent, leur rayon d'action ne parvenait pas jusqu'au pays basque. Manque de chance, c'était surtout des Bréguet 19, des De Havilland, modèle Dragon, des Douglas DC2, et pour compléter l'escadrille, des Fokker. Là, c'est foutu pour ta pomme. Mais, en 1937, à la bataille de Santander, il y avait dix-huit chasseurs russes sur le lot. Les autres zincs, c'étaient des rascles. Cette vingtaine fut répartie sur deux aérodromes. L'un se trouvait à Bilbao. Normal. L'autre se situait, si je me souviens bien, dans les environs de San Sebastian. Et ça, c'est à soixante bornes d'ici. Et je connais un jeune dont le grand-père...

Pâques 1916. Les Républicains irlandais secouent le joug anglais. La répression sera féroce. Pire que celle de la Commune de Paris. Les insurgés blessés sont fusillés sur leurs civières. L'Angleterre triomphe. William Butler Yeats communie. Il note :

« Nous connaissons leur rêve ; assez
Pour savoir qu'ils en sont morts ;
Et s'ils avaient perdu leur vie
Sous l'illusion d'un trop puissant amour ?
Une terrible beauté vient de naître. »

Gabriel secoue les souvenirs. Il y avait une brigade irlandaise, engagée aux côtés des Républicains et qui refusait d'obéir aux officiers anglais. Quand on est insurgé, on se doit de l'être jusqu'au bout.

Claude s'approcha d'un club de golf, qu'il dévissa. Il en sortit un rouleau de papier très fin et très serré. Il regarda Gabriel et dit :
— On prend jamais assez de précautions. Tu vois, c'est une habitude de vieux routiers. Et ça évite bien des emmerdements. Bon, on

appelle Patxi[1] ensemble et après vous êtes grand, vous vous démerdez !

Une fois son correspondant en ligne, il lui fit un résumé des épisodes précédents et entreprit de lui décrire le Poulpe. Il y eut des «ho», des «hé bien» des «comment te dire» et puis, finalement :

— Écoute, c'est pas dur, il est balèse, plutôt beau gosse, dans le genre qui plaît aux poulettes, et surtout, il a des bras... Quand il nage le crawl, sûr qu'on dirait une seiche... Tu vois... ouais... Où ? C'est d'accord...

Patxi vint le prendre sur le parking de Pampelune, non loin de l'hôtel. En plein milieu du dispositif Vauban. Sa Ford Capri, miraculée des contrôles annuels, devait faire pleurer de rire les douaniers, ce qui fait que ces derniers ne pensaient pas à lui faire signe de s'arrêter.

Après avoir flanqué le torticolis à soixante-dix kilomètres de curieux, ils s'engagèrent dans un défilé. Lequel allait se rétrécissant, à tel point que l'on avait semé des refuges, histoire de ne pas faire des bornes et des bornes de marche arrière, au cas où un autre automobiliste ait eu la même idée incongrue que vous.

Après trois cents mètres de tours de roue, Gabriel ferma les yeux et essaya de penser à

---

[1] Prononcer «Patchi».

autre chose. On serpentait à flanc de falaise, sans garde-fou, ni visibilité. Tout d'un coup, on se retrouvait au sommet d'une côte, les yeux dans le ciel, sans que l'on sache si le coup de volant devait se donner à droite, à gauche ou si la direction resterait la même. Pendant ce temps, vingt encablures plus bas, un torrent se déchaînait. Quelquefois, la route passait dans des sillons de niveaux, profonds et humides que l'eau avait creusés dans cette paroi vertigineuse.

À sa grande surprise, après avoir tiré du jus des poignées et du siège tellement il s'y était cramponné, la voiture ralentit et ils arrivèrent dans un village superbe, aux maisons gigantesques aux colombages bien rouge sang sur des façades fraîchement passées à la chaux. Ils se garèrent sous un hangar à tracteurs. En fait, plutôt qu'un bourg, cela ressemblait à une grande ferme. Un ruisseau traversait la place de part en part, comme une démarcation militaire. Patxi et Gabriel le franchirent sans plus de cérémonie et sortirent du pâté de maisons. Ils marchèrent un peu, pataugèrent beaucoup. C'était resserré, hostile, froid et humide comme un cachot franquiste. Au bout d'un quart d'heure de galère, la vallée s'élargit d'un seul coup, devenant une belle forme de U. Ouverte et claire. Ils obliquèrent sur la gauche, vers une grande exploitation, ancienne et cernée de bâtiments plus ou moins en ruine.

Ils entrèrent dans une grange. Et il reconnut les formes pleines, entre celles d'une guitare et d'une viole de gambe, sous les toiles d'araignées, la poussière et des escadrons de poules, du petit appareil. « Attention, cette machine tue les fascistes » pensa Gabriel, la larme à l'œil. Le chasseur miniature était très endommagé. Sauf l'hélice. Pas facile pour les poules de s'en faire un perchoir...

Ils allumèrent les cigarettes et Patxi dit :

– Mon grand-père le pilotait. Si tu regardes bien, tu peux voir les impacts de balle, sur le fuselage.

Puis, il lui tendit une grosse clef anglaise et une burette d'huile. Gabriel hésitait. Patxi insista :

– Il va pourrir, un jour ou l'autre. Claude m'a raconté. Ce que tu fais est bien, alors n'aie pas de remords. Pour ce qui est de mes histoires de famille, c'est mon seul problème et, par conséquent, cela ne te regarde pas... Maintenant je vais voir ma mère. Prends le temps qu'il te faut !

Gabriel lui tendit la mallette en lui disant :

– Pour la cause.

Le Basque la saisit, hocha la tête et tourna les talons.

***

La capitainerie s'agita de rire. Ils s'en souvenaient bien du N. Octopus. Équipage un peu malien, un peu philippin, pavillon chypriote, ou grec, ou panaméen. Tout est possible. Se demandaient comment une telle épave pouvait flotter. Une ruine. Le Hollandais Volant façon XXème siècle.

– C'est quand même grâce à lui que Jean-Louis Larron, des Affaires Maritimes, a collé tous les candidats du côtier, affirma le pilote.

– Et comment s'y est-il pris ? demanda Gabriel.

– Oh, très simple. C'est une question de code international. Quand un bateau aborde le pavillon rouge, cela signifie qu'il transporte des matières toxiques. Et que, par conséquent, il faut s'en tenir éloigné. Et Larron les a tous fait accoster à tribord du cargo. Personne ne l'avait vu, ce bon Dieu de tissu ! Parce qu'il n'y avait pas de vent et qu'il pendait misérablement aux milieux d'étais, drisses et autres haubans. Bref, si le candidat ne contestait pas l'ordre donné... Pan, recalé dans la seconde !

– C'est un peu vache non ? insinua le Poulpe.

Le pilote prit un air étonné et dit :

– Ben non... Pas plus que de dire, pour le permis voiture, «prenez la première à droite !» si vous êtes l'examinateur et que vous savez qu'elle est en sens interdit.

– Et ça consiste en quoi d'ordinaire, ces matières dangereuses ? interrogea Gabriel.

– Oh, ça dépend !... Déchets nucléaires, substances toxiques... Explosifs... Gaz. La liste n'est pas exhaustive.

— Vous pourriez me dire précisément, la nature de sa cargaison ?

— C'est pas moi qui l'ai rentré, celui-ci. Mais bien sûr, je peux le trouver... Vous avez deux minutes ? Je regarde sur l'ordinateur.

Il s'installe, allume l'écran, le tapote et patiente. Puis, il fronce les sourcils, ouvre de grands yeux et dit :

— Tiens... Bah, j'ai dû me planter quelque part... Ça arrive.

— Pourquoi donc ?

— Ben, la machine indique, à «nature de la cargaison» : «céréales». Si c'est le cas, je ne vois pas pourquoi...

— ...Il avait hissé le pavillon rouge.

— Voilà. À moins que les grains aient été enduits de mort au rat... Vous êtes sûr...

— C'est pas moi, mais la Lloyd qui l'affirme.

— Dans ce cas-là, aucune erreur n'est possible. Pire que les flics, il y a les assurances !

Gabriel sortit avec un goût dégueulasse dans la bouche. Il rentra à l'hôtel, ferma soigneusement portes et volets et, bien qu'il ne fût que quinze heures, entama une petite sieste.

***

— Ça ne vous dérange toujours pas, si je fume ?

Arlette haussa les épaules et dit :

— Le jumelage avec l'Afrique du Sud n'est

pas le fait du hasard, ne crois pas ça... L'affaire a fait un sacré bordel, il n'y a pas si longtemps. Officiellement et d'après ce qu'ils ont affirmé, c'était pour encourager la politique d'ouverture mise en place par Nelson Mandela. De fait, il s'agissait d'une association commerciale, tu sais, la droite, à part le fric, il n'y a rien qui l'intéresse... Alors, comme tu le vois, le laboratoire qui fabrique le plus de cyanure d'hydrogène est Etxeberty. Le fleuron économique de la côte ! Je t'en ficherai ! C'est surtout qu'il appartient à nos chers maires Jean Ferme et à la Hélène Dupaingouin. Tu imagines les termes du contrat : donnant donnant : je t'apporte un appui politique auprès de mon gouvernement et en revanche, tu m'achètes mes produits. Une mine d'or, au sens propre et figuré du terme... Tu n'es pas sans savoir que le sous-sol de là-bas regorge de richesses... Tiens à propos...

Arlette attaquait son assiette de praires à la parisienne, d'une fourchette experte. Gabriel avait voulu l'amener dans un bon restaurant de fruits de mer et La Concha avait reçu son plein enthousiasme. Situé sur la plage, à la Barre d'Anglet, on avait vue à droite sur un match de hockey sur glace, et à gauche sur le manège immuable de l'océan. Autre avantage et non des moindres : ça s'activait ferme, à cette époque de l'année, et l'immense salle ne désemplissait pas, on pouvait parler en paix. Des chapelets de piments pendaient de partout et des vapeurs de cuisine embaumaient jusqu'aux nappes.

– Un truc qui va te faire rire, cette salope de Dupaingouin, pendant la grève des marins pêcheurs, s'est fait photographier au milieu de quelques-uns d'entre eux sapée en Hermès de pied en cape ! J'ai failli tomber dans les pommes, en voyant ça. Je te jure, ils n'ont honte de rien... Ils sont prêts à tout, t'en as pas la moindre idée.

Le Poulpe commençait à s'en faire une, d'idée, à ce propos.

***

Samovar et Pondichery pédalaient dans la piperade... La loi du silence fonctionnait chez les flics aussi. À mafia, mafia et demie. Ils multipliaient les rapports, une piste s'ouvrait, ils s'y engouffraient et se retrouvaient dans un cul-de-sac. Aussi sec. De pièges à cons en attrappe-couillons, ils finirent par perdre le peu d'illusions qui leur restaient... Le point d'orgue fut posé sur la partition quand, par un beau matin, rentrant d'une visite chez le sous-préfet, Patcharan, visiblement écœuré leur dit de lâcher prise... De toutes les façons, la cause était entendue. Le tueur était loin, et les membres incarcérés du GAL ne pensaient plus à nier, mais à faire tomber le plus de gens possible avec eux. Les hautes sphères politiques et policières applaudissaient avec les fesses. Transpiraient de frousse. Seule fausse note dans la partition sans surprise de la police nationale, Vergeat, qui persistait à faire porter le béret à un certain Gabriel Lecouvreur. Mais comme on ne connaissait ce dernier ni d'Ève, ni d'Adam, ce Lecouvreur, et comme les exploits de ce flic parigot étaient arrivés aux oreilles des poulets biarrots, on continua à le regarder avec des pauvres yeux et à hausser les épaules dès qu'il ouvrait la bouche. Ici, on travaillait et l'on avait autre chose à faire qu'à s'occuper d'un monomaniaque schizoïde. Au reste, tout le monde l'appelait inspecteur Juve : «Fantômas, puisque je vous dis que c'est Fantômas !». Il se trouvait toujours un policier pour crier, quand on apercevait le malheureux et incompris flic à l'accent pointu : «je te tiens, Fantômas !». Bref, il passait pour ce qu'il était : un con. Il y a une justice.

***

Un bon vent de mer amenait, jusqu'au centre de Bayonne, les odeurs de sel, de sable et de résine de pin. C'est vraiment un endroit qui fait vacances, pensa Gabriel. Les fenêtres ne s'allumaient jamais bien longtemps. On était bien vite en virée. Et les gens, même vacanciers, se mettaient à l'heure espagnole. Tout prenait de une à deux heures de retard, le crépuscule le premier. Gabriel s'habilla de blanc et de rouge, presque en pelotari, et alla Chez Tchouche, se caler la dent creuse. Ici, les tapas s'alignaient sur des comptoirs sans fin. Dans chaque douceur était piqué un cure-dent et vous payez, en bout de course, en fonction du nombre de bouts de bois que vous teniez. Personne ne trichait et rares étaient ces «témoins» trouvés à terre. Gabriel fit un aller-retour. Ce qui prouve qu'il avait grand appétit.

Enfin rassasié et alors que la fête battait son plein, il s'esquiva, prêt à parier que personne ne l'avait vu s'échapper.

Il rentra dans l'hôtel par l'entrée de service, s'habilla de noir, glissa le P.38 dans la poche du blouson aviateur et ressortit. Il se glissa jusqu'au chemin de halage de la Nive. Sans trop de précautions. Il était trop tôt pour qu'il s'y trouvât des chalands. Il obliqua à l'ouest, devant les jardins ouvriers, et se retrouva devant les laboratoires Etxeberty. Dans son aquarium, le vigile feuilletait un magazine de cul. Du genre «hard sado-maso gay je m'aime en cuir». Il dépliait le poster central lorsque la vue d'un canon stoppa son sifflement d'admiration. Puis un coup de crosse en plein front mit un point final à sa stupeur et à son érection. Gabriel ligota ce gigantesque rôti de porc et s'empara du trousseau de clefs. Il éteignit le plafonnier, histoire de laisser croire que le faux flic faisait sa tournée d'inspection. Il ne restait plus, dans le bocal, que les reflets de la lueur bleutée des écrans de contrôle. Il poussa le vrai faux flic sous le bureau. Deux précautions valent mieux qu'une.

Les locaux de la direction se situaient au premier étage, moitié vue sur la rivière, moitié sur les Pyrénées. La Rune se détachait au clair de lune et aux lampadaires de Fontarabie. On entendait presque les rumeurs de la fiesta, le Jerez s'écoulant des tonneaux, et les verres de vin se heurter au-dessus des poissons et crustacés cuits à *la plancha*. Preuve que les responsables, gérants, comptables et autres dormaient sur leurs deux oreilles, les contrats n'étaient pas mis à l'abri d'un coffre-fort ou d'une armoire blindée, mais classés dans un meuble quelconque et conçu pour cette tâche ingrate. Gabriel saisit une des premières chemises, classée à Afrique du Sud. Il la feuilleta, lut l'objet du partenariat et glissa la liasse de documents dans son blouson. Les dernières pièces du puzzle venaient de se mettre en place. Puis sur le chemin du retour, le Poulpe arpenta les couloirs, vidant avec application les extincteurs. Au rythme de trois par couloir, cela faisait pas mal de gâchettes à presser... À la suite de quoi il transforma la voiture du vigile en gigantesque cocktail Molotov, lui enfilant du coton dans le réservoir d'essence. Il grimpa sur la rampe estampillée «gare de chargement». Il ouvrit un rideau d'acier, en tirant sur une chaîne graisseuse, et rangea la voiture au milieu des cartons. Il craqua une allumette, ridiculisa Ben Johnson et ses anabolisants. Éclairé par un superbe feu de joie, Gabriel rejoignit les bords du fleuve. Direction bodega. L'exercice, ça creuse.

14

Il prit un double expresso. Et s'étira. La comtoise de l'hôtel indiquait huit heures. Il ne fallait pas s'éterniser. Il régla sa note en liquide et la patronne lui dit :
– J'espère que le fantôme du bourreau n'est pas venu vous taquiner de trop.
– Oh, non, celui-là m'a fichu une paix royale. Les autres, par contre…
Il fit une grimace en secouant sa main en éventail. Elle resta interdite. Ne sachant pas s'il fallait appeler l'exorciste ou éclater de rire.
La Type E dormait dans le garage de l'hôtel, enveloppée dans sa couleur vert foncé. Il jeta un œil sur la solide hélice du Polikarpov, religieusement allongée dans le coffre. Puis, il se cala sur le cuir brun clair et mit le contact. Il décida de son trajet retour. Il remonterait par la côte, éviterait l'asile d'aliénés du Fuit du Pou, mangerait des huîtres à Noirmoutier… Achèterait du sel à Guérande… Bref, prendrait le chemin des écoliers. Le soleil cognait comme un pois chiche dans le crâne

d'un membre des forces de l'ordre. Il décapota et bondit vers le soleil.

Deux jours plus tard, il s'arrêtait, à la limite de la panne d'essence, chez Raymond. Lequel posa un œil blasé sur la voiture et dit :

– Ben, c'est déjà mieux que la merde que t'avais ramené de Dieppe. Et celle-là, elle va être plus facile à refourguer !

– Qui te dit que je veux m'en défaire ?

Le mécanicien haussa les épaules et, par provocation dit :

– Tu sais que si je transforme le prix de vente de cette tire en heures de boulot sur ton zinc, tu vas m'implorer de m'en occuper pour de bon, de ta bagnole de luxe.

– Bien évidemment que je te la confie ! Mais avant de la mettre en solde, jette un coup d'œil dans la malle arrière.

Raymond ouvrit, siffla et dit :

– Ben ça, je croyais pas que t'en dégoterais une. Parce que, tu vois, le Polikarpov était comme nous tous... Il avait tendance à piquer du nez...

Il la dégagea, la transporta comme un curé une relique de Sainte-Kouchetoualà, et entreprit, une fois sur le plan de travail, de la polir à la cire d'abeille. Fallait pas mégoter.

**

Il faisait frais. Pedro était en train de décoller le film d'une photo d'identité pour le reporter sur un passeport dont le petit carré blanc ne portait que le tampon, en creux, d'une préfecture quelconque. De la belle ouvrage mais délicate. Aussi Gabriel attendit qu'il ait fini. Puis, le dossier atterrit sur la table de l'imprimeur. Suivi du P.38 et des deux chargeurs.

– Je ne te l'ai pas perdu, celui-ci...
– Tu t'en es servi ?
– Hé ! Il a bien fallu... Qu'est-ce que tu veux ! Oh, je n'ai pas abusé, juste une balle, si tu veux on peut demander à la famille de la rembourser...

L'imprimeur faussaire soupira, rangea l'arme de poing dans son tiroir et alluma une Boyard. Ceci étant accompli, il entreprit de lire les feuillets avec l'attention que met un franciscain au déchiffrage de *Play Boy*. Gabriel, n'y tenant plus, et tout en passant sous silence certains détails, décida de lui faire un résumé de son séjour sur la côte :

– C'est finalement assez simple. Voilà... Un soir, Yannick Gast part avec des copains faire une partie de pêche aux requins. Ils sont cinq à bord, dont quatre conviés par Yannick pour arroser son permis côtier. La nuit est chaude, sans doute, ils picolent un peu... Nathalie, la seule fille du groupe, se met à être gentille avec ses petits copains. Bref, une soirée de bonne tenue, façon étudiants sur la côte... Lorsqu'ils arrivent sur le lieu de pêche, ils constatent qu'un cargo y stationne. Yannick sort ses jumelles, étonné de trouver un bateau de ce tonnage aussi près de la côte, et en panne juste en face de Capbreton. C'est incompréhensible. Il examine le rafiot et le reconnaît immédiatement. Et ce d'autant mieux que c'est à cause de lui qu'il a failli rater son permis. En effet, l'examinateur lui avait dit de l'accoster alors qu'il n'en avait pas le droit. Parce que ce bateau, par un pavillon rouge, annonçait qu'il transportait des substances dangereuses. Donc, étonné, il se rapproche et constate que l'équipage jette des fûts par-dessus bord. Et là, il comprend, pas tout mais assez, quand même, pour devenir un témoin gênant. Ils sont à l'aplomb d'une fosse sous-marine et un déchargement clandestin est en train de s'opérer sous leurs yeux. Il décide de prendre le large au quart de tour. Seulement, quelqu'un le voit. Un homme d'équipage, sans doute. Le reste... Tu le sais... Ils se font abattre comme des chiens...

– Oui, mais le contrat porte sur le retraitement de cyanure par le laboratoire... Voyons... Oui ! Voilà ! Le laboratoire Etxeberty.

– En fait j'ai compris que bien plus tard. Une toubib que connaît Arlette m'a expliqué qu'en Europe, des laboratoires pour le moins indélicats, au lieu de recycler des produits dangereux s'en débarrassent de la façon la moins onéreuse qu'il soit. Il y a la décharge sauvage, mais on peut te retrouver à cause d'une étourderie. Et puis il y a les océans... Bien sûr, leur erreur a été de balancer la marchandise trop près d'une côte et trop tôt dans la nuit. Mais s'ils l'avaient fait quelques milles plus loin... Et le tout moyennant quatre sous de plus. On peut toujours poser l'addition et faire les comptes, c'est moins cher de balancer que de retraiter. C'est ce qui aurait dû se passer, en matière d'économie : le Gouf est profond de plusieurs milliers de mètres. Sans oublier que, compte tenu des courants marins, s'il y avait une fuite dans un fût, on pouvait toujours accuser les voisins espagnols. Ton amie Arlette m'a signalé que la pollution venait, pour le plus gros, du sud, pour des raisons de rejet dans l'océan en dépit du bon sens... Ceci dit, sais-tu à qui appartient le labo ?

Pedro haussa les épaules :

– Et comment veux-tu que je le sache ?

– On ne sait jamais, tu aurais pu le savoir. C'est un partenariat commercial entre Jean Ferme et Hélène Dupaingouin. Personnalités élues de longue date, bien en vue, écologistes en diable, surtout en paroles, et qui font des efforts pour construire des «tout-à-l'égout» et préserver la qualité des eaux de baignade... Ce qui prouve une fois de plus qu'entre gens de bonne volonté, on arrive bien à se mettre d'accord sur une base minimale. Le fric.

– Mais eux, tu ne les as pas inquiétés...

– Tu parles… Protections rapprochées tous azimuts, sans compter que c'est le coin de ce fichu pays où tu trouves le plus de poulets au kilomètre carré. L'horreur. Par contre, leurs locaux ont pris un sacré coup de chaud… Et, coup de grâce, dès ce soir, le *Canard Enchaîné* aura tous les détails de l'affaire…

Et pour récupérer de cette longue tirade, Gabriel bascula sa pinte cul sec et piqua une Boyard à Pedro. L'exclusivité, ça se paye.

Pendant ce court silence, une pincée de vers lui trottèrent dans la tête. Sacré William Butler Yeats ! Le revoici, qui vient faire un dernier tour de piste.

« Viens t'en là-bas, enfant humain !
Vers ce pays sauvage entouré d'eaux
Avec une fée, ta main dans sa main,
Car il y a dans le monde trop de larmes pour toi. »

– Moi, ronchonna Pedro, je n'ai jamais compris que l'on se fasse bronzer des heures durant, comme ça, sans rien faire. C'est très con.
– Je me suis fait la même réflexion. Mais c'est le choix de chacun, j'ai pas à juger.

Gabriel jeta un œil sur le passeport à couverture marronnasse. Après un moment de stupeur, il hurla de rire. Pedro se vexa et dit :
– Ben pourquoi tu te marres ? Tu crois qu'il est le seul, à porter ce nom ?

Entre deux hoquets, Gabriel réussit à dire :
– T'as écouté… *Radio Matin*… ?
– Écouté la radio ? Non, pourquoi ?
– Parce qu'il vient de décéder. Il n'y a pas une heure.
– Ah merde, alors… Là t'as raison, ça va pas passer. C'est con, il me plaisait bien, ce passeport au nom de François Mitterrand.

***

Léon se dressa sur ses pattes et, écartant ses membres inférieurs, lâcha une pissade, puis effectua le trajet complexe d'une bille de snooker. Il heurta une table, sur laquelle se concentraient des joueurs d'échecs. Les pièces tombèrent. Les deux types hurlèrent. Gabriel souriait : il haïssait ce type d'individus. Installé devant sa batterie de manettes, Gérard tira un demi et le posa devant Durruti. Lequel dit à Gabriel :
– Si le Christ avait eu ta corpulence, Ponce Pilate se serait ruiné en achetant les arbres nécessaires à son petit bricolage.
– C'est l'évidence. Et il nous aurait évité plein d'emmerdements. Sans compter qu'on n'aurait jamais entendu de blagues aussi foireuses. Ce type était vraiment un chieur !

Il commanda une bière et se renseigna sur la bonne odeur qui émanait de la cuisine.
– C'est une Zarzuella. Et pour l'accompagner, j'ai fait rentrer de la Guiness. Les yeux

de Gérard se mirent à briller et il conclut : un truc... bien noir... bien épais... Et qui vous tire un de ces degrés !

— Stop ! J'en suis. Si on peut se faire tourner la tête. À propos, va falloir aérer, avant de se mettre à table, ça embaume ici, que c'est un vrai plaisir.

— Ben c'est Léon, quoi. Mais j'ai réussi à lui interdire la seconde salle, celle de derrière... On pourra manger en paix.

À ce moment-là, Durutti se mit à beugler en se secouant sur une jambe. Il hurlait, renversait de la bière un peu partout. Le gros Léon venait de s'accoupler avec sa guibole.

C'est un peu gris que Gabriel rentra à l'appartement de Cheryl. Il la trouva défaite, pâle et mit cela sur une activité professionnelle débordante. De fait, elle lui expliqua qu'elle avait passé ses journées des boules Quiès dans les oreilles et les nerfs à fleur de peau. La mairie avait entrepris les travaux de réfection du système d'adduction d'eau. La rue se retrouvait donc barrée, poussiéreuse et bruyante. En trois semaines, pas une moustache à friser, une barbe à débroussailler, un cheveu à décapiter. Rien. Elle en avait les larmes aux yeux. Pour tromper son ennui, elle passait le temps à écouter *France Info*. La radio grésillait en ce moment même... Dans la seule minute de silence de la journée, Gabriel apprit qu'une gendarmerie, à proximité de Ploumanac'h, avait été très endommagée par un attentat à l'explosif. Il sourit en pensant à Yann-Bernez Pouïg. Tout n'allait peut-être pas si mal en ce bas monde. Et dans le fracas des marteaux-piqueurs, des compresseurs et autres engins de chantier, Gabriel entreprit de consoler sa coiffeuse adorée. C'est ce moment qu'elle choisit pour dire :

– Après tout, on n'est qu'à la mi-juillet. Si on prenait des vacances, rien que tous les deux, hein ?

– Des vacances ! Des vacances !

Gabriel leva ses bras démesurés et ses yeux au ciel :

– Mais c'est que je viens d'en prendre, moi, des vacances !

DÉJÀ PARUS AUX ÉDITIONS BALEINE

Le Poulpe
1. Jean-Bernard Pouy - *La petite écuyère a cafté*
   Prix Paul Féval de littérature populaire 1996
2. Serge Quadruppani - *Saigne sur mer*
4. Patrick Raynal - *Arrêtez le carrelage*
7. Didier Daeninckx - *Nazis dans le métro*
8. Noël Simsolo - *Un travelo nommé désir*
9. Franck Pavloff - *Un trou dans la zone*
11. Paul Vecchiali - *La pieuvre par neuf*
12. Jean-Jacques Reboux - *La cerise sur le gâteux*
13. Claude Mesplède - *Le cantique des cantines*
14. Pascal Dessaint - *Les pis rennais*
15. Olivier Thiébaut - *Les pieds de la dame aux clebs*
16. Gérard Delteil - *Chili incarné*
17. Bertrand Delcour - *Les sectes mercenaires*
18. Roger Martin - *Le G.A.L., l'égout*
19. Jean-Christophe Pinpin - *Les gens bons bâillonnés*
20. Hervé Prudon - *Ouarzazate et mourir*
21. Guillaume Nicloux - *Le saint des seins*
26. Roger Dadoun - *Allah recherche l'autan perdu*
27. Pascale Fonteneau - *Les damnés de l'artère*
28. Sylvie Granotier - *Comme un coq en plâtre*
31. Romain Goupil - *Lundi, c'est sodomie*
32. Olivier Douyère - *Bunker menteur*
34. François Joly - *Chicagone*
35. Michel Chevron - *J'irai faire Kafka sur vos tombes*
37. Mano Gentil - *Boucher double*
39. Mouloud Akkouche - *Causse toujours!*
40. Serge Meynard - *Lapin dixit*
41. Chantal Pelletier - *Lavande tuera*
43. Michel Cardoze - *Du hachis à Parmentier*
44. Jacques Vallet - *L'amour tarde à Dijon*
48. Gérard Lefort - *Vomi soit qui malle y pense*
49. Yannick Bourg - *Les potes de la perception*
50. Aïdé Caillot - *Le Karma saut'ra*

54. Alain Puiseux - *Je repars à Zorro*
55. Alain Bellet - *Danse avec Loulou*
58. Cesare Battisti - *J'aurai ta Pau*
59. Lucio Mad - *Dakar en barre*
60. Stéphanie Benson - *Crève de plaisanterie*
64. Bruce Mayence - *La Belge et la bête*
65. Hervé Mestron - *Eva te faire voir !*
66. Guillaume Darnaud - *Le crépuscule des vieux*
    Prix du Zinc 1998

Coffret Un été de Poulpe (trois titres) :
69. Fabienne Tsaï - *Sans foie ni loi*
70. Alain Raybaud - *La lune dans le congélo*
71. Guillaume Chérel - *Tropique du grand cerf*

72. Jacky Pop - *La neige du killerman manchot*
73. Gérard Lecas - *Satanique ta mère !*
74. Evane Hanska - *Le bal des dégoûtantes*
78. Serge Livrozet - *Nice Baie d'aisance*
79. Jean-Luc Poisson - *Le chien des bas serviles*
82. Laurent Fétis - *L'aorte sauvage*
83. Hervé Korian - *Les bêtes du Gévaudan*
84. Woô Manh - *Docteur J'abuse*
87. Jean-Pierre Andrevon - *Papy end*
88. Jacques Albina - *Lazare dîne à Luynes*
89. Hervé Le Tellier - *La disparition de Perek*

Joyeux Gabriel (coffret quatre titres) :
92. Robert Deleuse - *La bête au bois dormant*
93. Christian Congiu - *La Nantes religieuse*
94. Chantal Montellier - *La dingue aux marrons*
95. Pierre-Alain Mesplède - *E pericoloso for Jersey*

Et heureux Poulpe (coffret quatre titres) :
96. Patrick Eris - *Une balle dans l'esthète*
97. Gilles Vidal - *Les deniers du colt*
98. Monique Demerson - *Fugue en Nîmes majeur*
99. Jean-Pierre Huster - *Touchez pas au grizzli*

Cent pour sang bande dessinée (coffret trois titres)
100. Mako - *Le Nord aux dents*
101. Olivier Balez - *L'Opus à l'oreille*
102. Jean-Luc Cochet - *La bande décimée*
103. Jean-Jacques Busino - *Au nom du piètre qui a l'essieu*
104. Paul Milan - *Légitime défonce*
105. Grégoire Carbasse - *L'Helvète underground*
108. Philippe Carrese - *Allons au fond de l'apathie*
109. Michel Boujut - *Les Jarnaqueurs*
110. Catherine Fradier - *Un poison nommé Rwanda*
113. Georges-J. Arnaud - *L'antizyklon des atroces*
114. Serge Turbé - *Ataxie pour Hazebrouck*
115. Grégoire Forbin - *Zombi la mouche*
118. José-Louis Bocquet - *Zarmaggedon*
119. Bellanti & Vacher - *Le manuscrit de la mémère morte*
120. Sylvie Rouch - *Meufs Mimosas*
123. Pierre Filoche - *Éros les tanna tous*
124. Michel Musolino - *Plus dur sera le chiite*
125. Didier Vandemelk - *Le carnaval de Denise*
128. M. Pelé & F. Prilleux - *Kop d'immondes*
129. François Billard - *Don qui shoote et la manque*
130. J.-P. Deleixhe, G. Delhasse & C. Libens - *Du pont liégeois*
133. Jacques Vettier - *La petite marchande de doses*
134. Alain Leygonie - *Mali mélo*
135. Danièle Rousselier - *Tananarive qu'aux autres*
136. Philippe Delepierre - *L'Aztèque du charro laid*
137. Pierre Fossard - *Veine haineuse*
138. Albédo - *Les pourritures célestes*
139. Lionel Besnier - *Macadam cobaye*
144. Andreu Martín - *Vainqueurs et cons vaincus*
145. G. Nicloux, J.-B. Pouy, P. Raynal - *Le Poulpe, le film*
147. Nila Kazar - *Madame est Serbie*
148. Pierre Fort - *Le mec à l'eau de la Générale*

149. Stéphane Geffray - *Les Teutons flingueurs*
152. Alain Aucouturier - *L'arthritique de la raison dure*
154. Thierry Reboud - *Un nain seul n'a pas de proches*
155. Cyril Berneron - *La pensée inique*
159. Pierre Kolaire - *Sur la ligne Marginaux*
160. Dominique Renaud - *Feinte alliance*
163. Cyprien Luraghi - *Pour cigogne le glas*
164. Christian Rauth - *La Brie ne fait pas le moine*
167. David Downie - *La tour de l'immonde*
168. Marcus Malte - *Le vrai con maltais*
170. Yan Molin - *L'évincé au fond du pouvoir*
171. Claude Ardid - *Belles et putes*
173. Franck Resplandy - *Lisier dans les yeux*
174. Pierre Barachant - *Quand les poulpes auront des dents*
177. Cédric Suillot - *Goulasch-moi les baskets !*
178. Sophie Loubière - *La petite fille aux oubliettes*
181. Adna H - *L'agneau pas squale*
182. Orange amère - *L'ordure, hein !*
185. Didier Daeninckx - *Ethique en toc*
187. Francis Pornon - *Saône interdite*
189. Jean-Marc Ligny - *Le cinquième est dément*
190. Stéphane Koechlin - *Jeux de Roumains, jeux de vilains*

*Cet ouvrage a été imprimé
sur presse Cameron
par **Bussière Camedan Imprimeries**
à Saint-Amand-Montrond (Cher)
en mars 2000*

N° d'édition : 39368-2. N° d'impression : 001446/1.
Dépôt légal : mai 1996.

Imprimé en France